Le temps passé avec un chat n’est jamais perdu

VÉRONIQUE
AÏACHE

Le temps passé avec un chat n'est jamais perdu

ROMAN

J'AI LU

À Kus et son petit chat gris.
Où qu'ils soient aujourd'hui.

Il n'y a rien de plus doux que la sagesse d'un chat.

Sacha, Mozart et Ziggy dormaient paisiblement à mes côtés. J'avais toujours envié le don exquis que mes chats ont de l'insouciance, la façon dont ils épousent amoureusement l'existence sans jamais s'abîmer dans les dédales du monde qui les entoure. J'aurais aimé savoir, comme eux, donner sans me perdre de vue. Comme eux, j'aurais voulu pouvoir me réveiller chaque matin sans douter du bien-fondé de mes actes ou de mes choix. Connaître cette douce sagesse qui permet de ne pas souffrir de ce qui n'est pas. Seulement voilà, l'humaine que j'étais avait volé en éclats. Il avait suffi d'une phrase, d'une seule phrase, pour qu'explose tout ce qui faisait sens jusqu'ici. Quelques mots prononcés sans se douter de leur impact. Des mots qui libèrent en même temps qu'ils arrachent le cœur. Alors j'étais là avec mes chats, au milieu de mon nulle-part, comme si j'attendais d'eux une nouvelle voie.

Ziggy s'étira de tout son flanc, bâilla comme s'il souhaitait que j'admire le fond de sa gorge et se dressa sur le lit en bombant son dos. Qu'importait l'heure. Mon beau gouttière à moustaches se souciait bien peu de savoir si la nuit était faite pour le calme du silence. Il s'approcha de moi en ronronnant, bien décidé à s'installer entre mes mains et le clavier de mon ordinateur. Je le repoussai une première fois, surtout par crainte que le hasard de ses pattes ne perde à jamais mon texte. Il réitéra, patient et têtu, si subtil dans l'art de la séduction qu'il devint impossible de ne pas lui céder. *Pomme S*. Je le laissai prendre place là où il le souhaitait et enfouir sa petite tête dans les profondeurs de mon cou. Il y planta ses griffes comme il tétait autrefois sa mère, lécha et vocalisa à sa guise sans que j'ose bouger de peur de lui déplaire. Être soumise à sa volonté parce que j'avais égaré la mienne. M'endormir avec lui pour profiter de quelques instants d'oubli. Interdire aux heures qui passent de rompre ce bref instant de grâce et chercher, chercher encore la cohérence de la vie.

Avant d'éteindre la lumière et de fermer les yeux, je regardai une nouvelle fois l'imprimé posé sur la table de chevet. Un mail rédigé par ma sœur me proposant de venir passer quelques jours chez elle en Inde. Cela faisait des semaines que l'invitation attendait ma réponse. Des semaines que j'oscillais entre l'infime envie d'embarquer pour un ailleurs et la certitude de ne rien y trouver de plus qu'ici, si ce n'était un peu de répit dans ma course quotidienne. Je n'aurais pas dû regarder une fois de plus ce mail. Il n'en fallait pas plus pour que la valse nocturne des *oui mais non* batte à nouveau son plein. Je bus une gorgée d'eau et glissai machinalement mes doigts dans le pelage gris de Mozart. Sans ouvrir les yeux, il bascula sur le dos et offrit son ventre à mes caresses. *Tu irais là-bas si tu étais à ma place ? Tu lâcherais tout ici pour prendre un peu soin de toi ? Oui, sans doute. Je suis sûre que tu partirais sans te soucier de ceux que tu laisses. Tu as la chance de ne dépendre de personne, même pas de moi.* Mozart miaula son petit *laisse-moi tranquille* et, à la manière d'un empereur, alla trôner sur la table de chevet. D'un premier coup de patte, il fit tomber mon épingle à cheveux comme un bébé fait sciemment tomber son jouet pour qu'on le ramasse. D'un second coup de patte, il se débarrassa du papier, qui encombrait aussi sa place. Je ramassai les deux objets sans rien dire et les reposai au même endroit. Maîtrisant parfaitement l'élégance de l'aplomb, il me fixa droit dans les yeux avant de procéder à un nouveau revers de patte. Il n'y eut cette fois par terre que le mail. Je le ramassai à deux reprises encore avant de déclarer forfait et de considérer par là qu'il avait peut-être quelque chose à me faire comprendre.

Le chagrin n'empêche pas de voir, mais de regarder.

Nous avions quitté Bombay la veille et voyagé toute la nuit en train. Ou plutôt dans une sorte de chose improbable qui ressemblait à un train et qui avait eu néanmoins le mérite de nous acheminer vers Goa. À travers la crasse de la vitre, je regardais le soleil darder ses premiers rayons ; c'était beau de le voir réveiller doucement les couleurs des campagnes que nous traversions. Avec tous les jaunes qu'il possédait, du plus pâle au plus incandescent, il jouait au-dessus des champs assoiffés comme si son but était d'attirer mon attention sur ce qu'il faisait ici et maintenant. Je n'avais presque pas fermé l'œil, incapable de me faire à l'idée que mon corps était allongé sur un matelas maculé, à la merci des souvenirs laissés par d'autres voyageurs. Mon seuil de tolérance n'avait pas dépassé la présence des deux volatiles et de l'inconnue en sari qui partageaient notre cabine. Ma sœur était habituée à la poussière chaude et collante de l'Inde. Tout comme aux odeurs qui sautent à la gorge. Celles des étables qui se mélangent aux effluves des épices et de l'encens. Cela faisait déjà un an qu'elle vivait à Bombay. Par choix. Parce qu'elle avait voulu partir à la recherche d'elle-même. Elle semblait s'être trouvée entre le yoga et les cours qu'elle dispensait à l'Alliance française. Rien de ce pays ne semblait plus la perturber. Ce n'était pas mon cas.

D'ici, Paris semblait appartenir à un autre siècle. J'y avais laissé mes deux enfants et mes trois chats en espérant que les kilomètres auraient sur moi un effet antalgique. *Viens, ça te changera les idées*, m'avait écrit Laura. Ma cadette était étrangère au mal que je portais en moi. Celui qui fait que tout perd son sens, jusqu'à l'air qui ne sait plus où trouver les poumons. On n'a plus rien, en fait, quand on perd celui qu'on aime. « Ça te changera les idées », m'avait-elle répété au téléphone. Je ne savais toujours pas si, sans l'intervention de mon chat Mozart, Laura aurait réussi à me convaincre de faire ce voyage. J'ignorais si je voulais me cogner à cette nation d'extrêmes pour ramener mes pieds sur terre. À qui de ma sœur ou de mon chat devais-je de me retrouver, ce matin-là, dans un train entrant en gare de Goa, dégoulinante de sueur et fatiguée de chercher une amarre dans le néant laissé par Jean-Marc ?

Le premier « chez l'habitant » trouvé promettait le confort d'un palace à côté de l'épopée ferroviaire que je venais de traverser. Un genre de fermette sans âge et blanchie à la chaux, décrite dans le livre qui nous servait de guide comme *un petit havre de paix d'où l'on peut voir des buffles se baigner dans les rizières et se laisser bercer par le craquement des palmes au vent de la mer d'Arabie*. En fait, l'éden promis faisait dos à la route qui y conduisait, ce qui réduisait considérablement les chances de s'imprégner d'images féeriques. Tout étalée sur un tapis de terre battue, la maison offrait à sa façade ce qui avait dû autrefois être la basse-cour et le potager. Ne restait plus à y voir maintenant que quelques piquets de bois éventrés par la chaleur et un chien pouilleux, tenu en laisse par le tronc d'un arbre. Était-ce cela que j'étais venue chercher en Inde ? Des photos désolées de l'existence à agiter sous mon nez pour rendre mes plaintes indécentes ? Faire demi-tour. Aller chercher un autre endroit. Ne pas frapper sur le turquoise écaillé de la porte d'entrée. Arrêter là l'expérience de l'indigence dont j'estimais avoir déjà assez fait le plein dans les rues de Bombay. Je ne fis rien, à part soustraire à ma sœur la promesse de ne pas rester si les chambres se révélaient être en deçà du convenable. De toute façon, nous n'avions pas assez d'argent pour prétendre au grand luxe. Il fallait par ailleurs que je me pose dans un endroit propre pour désinfecter mon pied. La douleur qui palpitait du haut de ma cheville à la pointe de mes orteils coupait court aux pas de plus.

La maîtresse des lieux nous accueillit en découvrant l'incroyable blancheur de ses dents. Il émanait de cette femme au visage lisse et rebondi un parfum de riz basmati tout juste cuit. Elle avait aussi l'air sincère dans son regard de bienvenue. Après quelques mots d'usage énoncés dans un drôle d'anglais, elle nous conduisit dans la chambre et dodelina de la tête en nous tendant les clés. Les Indiens font tous cela. Ils font osciller leur tête de gauche à droite pour ponctuer leurs phrases, si bien qu'il est difficile de distinguer les *oui* des *non* lorsque l'on n'est pas habitué à l'exercice. Je préférai donc me taire et découvrir l'endroit par moi-même. À première vue, il était... rudimentaire. Néanmoins, le sol carrelé gageait de sa propreté et le ventilateur accroché au plafond promettait un peu de fraîcheur même sans climatisation. Depuis qu'elle avait quitté Paris, Laura avait appris à s'enthousiasmer de ce que la vie lui présentait. Là où je ne savais que voir, elle regardait maintenant et trouvait en toutes choses de quoi nourrir son âme. Je la laissai donc plaisanter et converser avec notre hôte, et m'avançai dans la pièce en direction de la fenêtre. C'était là qu'était posé un petit bureau en Formica. Là aussi que se trouvait la vue sur les rizières, sur ces tapis d'eau immobile qui servent de miroir au ciel. Le lit, quant à lui, trônait au milieu de la pièce et sans table de chevet. Mieux vaut dans certains cas ne pas chercher à comprendre et s'incliner devant ce qui semble être une coutume locale.

— Il y a de très belles anciennes églises portugaises à visiter dans le coin. Ça te tente d'en voir une ou deux ou tu préfères aller directement à la plage ?

— Je ne sais pas si je peux marcher des kilomètres, ma sœur chérie. J'ai l'impression que mon pied a encore enflé depuis que nous sommes descendues du train, répondis-je en grimaçant.

— Tu as changé le pansement ? Bon... Je vais prendre une douche. Ça te laisse le temps de réfléchir et de te reposer un peu.

Après avoir étalé des affaires propres sur le lit, Laura disparut dans le placard qui cachait la salle d'eau. Le lit. Ce lit carré planté au milieu d'une pièce carrée. Ce lit, justement, j'y étais allongée et je n'arrivais plus à en bouger. J'avais parcouru une distance inouïe pour voir les plages mythiques de Goa. Celles qui, dans les années 1970, attiraient tout ce que le monde comptait de hippies. Mais là, les quinze minutes de marche qui m'en séparaient maintenant me paraissaient infranchissables. J'avais été stupide de quadriller Bombay en tongs. Encore plus stupide d'ignorer qu'une banale ampoule pouvait si mal tourner sous un pansement. À force d'avoir été confrontée des heures durant au même frottement de chaussure, la petite bulle d'eau n'avait pas tardé à y laisser sa peau. Prendre soin de tamponner un peu d'alcool chaque soir sur la chair à vif aurait sans doute suffi à circonscrire la plaie si je m'étais un peu plus préoccupée de là où je mettais les pieds les lendemains suivants. C'était chose non faite. Certains quartiers de Bombay n'offrent aux marcheurs que du bitume cabossé et boueux, parsemé ici de flaques de pisse de vaches sacrées, et là de tas d'épluchures de légumes mélangées à des déchets de poissons putréfiés. Il m'avait fallu enjamber quelques-uns de ces obstacles citadins pour suivre l'itinéraire de mes promenades en solitaire. Résultat, trois jours après s'être formée sur mon orteil gauche, la poche de liquide était devenue un œdème dans lequel je sentais à présent battre mon cœur. « Si ça ne s'arrange pas, j'irai voir un médecin en rentrant à Paris », avais-je répondu à Laura qui s'était inquiétée de la tournure que prenait ma blessure au pied. Goa étant, après Bombay, la seconde étape de mon voyage indien, je me rapprochais du retour à la maison mais surtout d'une médecine en laquelle j'avais confiance. Le reste, tout le reste finalement… Je n'avais pas tellement hâte de retrouver une vie que l'absence de Jean-Marc avait rendue errante. On se débarrasse difficilement d'un passé qui donne au présent le goût de l'inutile.

L'arrêt du bruit de la douche me fit réaliser que je n'avais ni bougé du lit ni réfléchi à ce que je voulais faire. Pendant les minutes qui venaient de s'écouler, je m'étais contentée de laisser mes idées se percuter entre elles comme le font des autos tamponneuses dans un parc d'attractions. Les unes m'embarquant à Paris, au milieu des obligations d'un quotidien à venir. Les autres me ramenant à ce bébé vu au marché aux légumes de Bombay. Ce bébé nu, gris de saleté et posé par terre par Dieu sait qui sur un morceau de papier journal. Dans l'instant, je m'étais demandé quel serait le destin de ce petit garçon qui dormait nu à un mètre d'un torrent de pots d'échappement. J'aurais voulu savoir si son avenir incertain lui laisserait le temps de s'accomplir en tant qu'homme. Je m'étais mise à imaginer sa vie pour en écrire un livre puisque tel était mon métier. Il aurait suffi que je le prenne dans mes bras et que je me mette à courir comme une dératée jusqu'à Paris pour l'inscrire dans une tout autre histoire. Juste pour conjurer son sort. Pour lui offrir les mêmes chances de bonheur qu'à mes enfants. Pour l'emmener dans ma vie où l'argent permet toutes les choses qu'il ne connaîtrait sans doute jamais si je le laissais là.

Je ne savais pas combien de temps j'étais restée immobile, plantée devant lui en me remémorant ce que m'avait dit Laura le lendemain de mon arrivée : « Ici, tu es dans un monde qui n'a pas la même normalité que la nôtre. Une personne dépouillée de tout a en elle bien plus que n'importe qui d'entre nous. Les Indiens estiment qu'ils ne sont que de passage et que, quelle que soit leur vie, elle n'est faite que pour améliorer leur âme dans la prochaine. Pour eux, accepter son sort n'est pas s'y résigner. Ce n'est pas subir les épreuves en se lamentant qu'elles existent, mais c'est accueillir le destin sans souffrir de ce qui ne peut être changé, en tâchant de donner un sens constructif à tout ce que la vie impose. Maintenant, je comprends qu'il soit difficile pour nos mentalités d'accepter l'abject ou d'y trouver un sens, surtout lorsque l'on voit que dans une même rue, la souffrance cohabite avec le splendide et l'opulence avec la plus vile des misères. Attends-toi à être témoin de scènes qui vont te tordre le cœur. Des gosses livrés à eux-mêmes, maigres, en haillons dégoûtants, qui te supplieront de leur donner quelque chose. Si tu veux leur rendre service, abstiens-toi. Surtout pas d'argent. Ces enfants sont pour la plupart les esclaves des cartels locaux. Ils n'ont pas le droit de garder ce qu'ils mendient et sont souvent affamés pour apitoyer davantage les touristes. Comme les handicapés récoltent plus d'argent que les autres, la mafia n'hésite pas à énucléer certains d'entre eux, à les défigurer à l'acide, ou à leur couper un membre ». Ces enfants-là, j'en avais vu des dizaines, sans réussir à trouver le moindre sens à cet entrelacs d'existences écorchées. La route me semblait encore très longue avant que je ne parvienne, comme les Indiens, à accepter la vie sans souffrir de ce qu'elle refuse.

J'avais laissé ces pensées s'enchevêtrer sans pouvoir décider de rien, à part de cesser d'étouffer. Pour trouver l'interrupteur dont dépendait le ventilateur, mes yeux ont commencé à scanner un mur, puis un second, avant de s'arrêter net sur une tache noire et velue qui se mouvait lentement sur le troisième mur. Une araignée grosse comme ma main s'était invitée dans nos locaux et me fit comprendre aussitôt le positionnement du lit. Même si j'avais remarqué que la logique indienne allait souvent à l'inverse de la nôtre, cette mesure de sécurité était pleine d'un bon sens commun à toutes les cultures. Le lit était tout simplement placé au centre de la pièce pour éviter les contacts arachnéens. Il n'était bien sûr plus question pour moi de rester une minute encore dans cette chambre, voire dans une autre pièce de cette habitation. Le dégoût que m'inspirait la bête avait eu raison de ma largeur d'esprit. Trop estomaquée pour crier ou paniquer, j'attendis sagement que Laura finisse de se préparer ; je fis aussi un tour rapide dans la salle d'eau afin de nettoyer ma plaie et nous quittâmes la fermette, ses rizières et sa tarentule.

La visite des églises portugaises devait maintenant attendre que nous trouvions un autre endroit pour dormir. Nous marchions dans la rue qui mène droit à la plage. Il était presque midi et les 31 °C qu'affichait l'application de mon téléphone consumaient tous mes membres. Marcher dans cette rue sortie tout droit d'un décor de Far West. Avancer dans une vapeur de poussière soulevée à chaque pas. Ne pouvoir appuyer sur le sol que le talon gauche. Prier pour que la ville se taise avant que ma tête n'explose. Dans cette rue saturée de boutiques à touristes, grouillante de musique locale et de voix joyeuses, les yeux bleus de Jean-Marc me souriaient et me coupaient le souffle, comme si je continuais à vivre au rythme des habitudes que nous n'avions plus. Il était là où je tournais la tête pour lui échapper. Je le voyais partout descendre de sa moto, ôter son casque de son crâne rasé, replacer une mèche de mes cheveux ou serrer ma main dans la puissance de la sienne. La rue bourdonnait de gens qui parlaient fort et s'interpellaient d'un trottoir à un autre. La mer chantait quelque part au loin sans que je la voie. Et moi je ne voulais qu'une chose : du silence pour mieux entendre ce que chuchotaient mes souvenirs. Ceux qui ressuscitent des passés si heureux qu'il n'est plus supportable d'être le témoin du bonheur des autres. Jean-Marc était entré dans ma vie presque par hasard. Comme s'il avait été celui que j'ignorais attendre. Comme si, sans le vouloir ni rien faire de spécial, il expliquait le choix des routes qui m'avaient conduite à lui. Maintenant je me retrouvais là, avec ma petite sœur dans l'étuve de Goa, sur le bas-côté d'une vie dont je ne comprenais plus du tout le sens. Et c'est sur des gravats de questions laissées sans réponses que j'étais tenue aussi de me reconstruire.

« Mais comment ça s'est fini au juste ? Il t'a donné une explication ? » m'avait demandé Laura un soir de confidences. Non, il ne m'avait rien dit. Du moins, rien d'assez clairement énoncé pour servir de béquille à ma convalescence. Quand bien même, je n'étais pas sûre à présent qu'il eût été utile de poser des mots sur une façon d'être qui, à l'évidence, pouvait parler d'elle-même. À quoi bon blesser davantage par la parole une personne que l'on choisit de quitter. À commencer par la personne qui dit vous aimer. Chaque geste d'indifférence permet plus facilement de lui traduire le désamour. Il suffit en effet d'une joue que l'on ne caresse plus pour un *oui* ou pour un *non*. D'un dos que l'on tourne juste après une valse charnelle et presque sans souhaiter bonne nuit. D'appels téléphoniques que l'on raréfie de jour en jour. De dîners que l'on annule les uns derrière les autres et au dernier moment, sans autre excuse que le manque de temps ou l'excès de travail... Il existe tant de façons d'exprimer les non-dits sans avoir besoin de formuler des phrases, sans avoir besoin de faire appel à un vocabulaire susceptible de heurter cette personne que l'on aime bien mais dont on veut se défaire. Il y a tellement de moyens aussi de se débarrasser de vérités désagréables à entendre sans prendre le risque de s'encombrer du chagrin de l'autre. Jean-Marc avait préféré se taire et me laisser comprendre ce qu'il avait sans doute eu la flemme de me dire. Il avait choisi de me laisser me débrouiller toute seule avec les vestiges de notre complicité et résoudre de mon mieux l'énigme de l'histoire que je m'étais racontée. Le genre d'histoire que l'on s'invente et dont on se persuade, à la manière d'un faux tableau que l'on voit comme un chef-d'œuvre authentique signé par un grand maître. J'avais vu en Jean-Marc ce que j'étais convaincue d'y voir. Non pas un homme parmi les autres. Il n'était pas un destin de plus mis sur ma route et croisé sans conséquence. Oui, c'est vrai, j'avais vu sa beauté insolente et son esprit complexe. Mais j'avais aussi senti la sincérité de ses mains lorsqu'elles étaient posées sur moi. Je les avais senties aussi clairement que j'avais perçu ses zones d'ombre. Celles qui se dressaient d'un coup entre nous sans que je les aie vues venir. J'avais compris ses besoins d'indépendance et entendu ses mots d'amour. J'avais admiré son habileté à défaire les nœuds du quotidien et je m'étais sentie fière d'être celle qu'il prenait dans ses bras. Tout ce qu'il était faisait écho en moi. Mais au-delà de tout, au-delà de la fascination qu'il exerçait sur moi, j'avais vu en lui la partie manquante de mon âme. Celle qu'il me permettait de rejoindre. Enfin. Voilà sans doute pourquoi dès son premier sourire, j'avais eu peur de le perdre. C'était sans doute par là que je m'étais perdue. Comment aurais-je pu expliquer cela à ma petite sœur ? Nous en étions alors restées là toutes les deux de mes errances sentimentales. De toute façon, j'avais toujours eu beaucoup de mal à me contenter de prendre des raccourcis dans le cheminement d'une analyse. C'était pour moi comme si un médecin légiste ouvrait les entrailles d'un cadavre et recousait aussitôt les chairs en concluant au décès. Avant de pouvoir faire le deuil de mon histoire avec Jean-Marc, il me fallait comprendre ce qui avait cessé de battre en moi. Pourquoi et comment j'en étais arrivée là. Et la compassion de ma petite sœur, si sincère soit-elle, n'ouvrait pas le champ de ce possible. Je n'avais pas alors jugé bon de lui dire que j'avais déjà scruté mes souvenirs pour y trouver, dans la liste des manquements de l'homme que j'aimais, toutes les raisons de me détacher de lui. Je n'avais pas eu envie d'avouer que je n'étais parvenue qu'à m'interroger davantage sur les enseignements qu'il faut tirer – ou non – de chaque morceau de vie, de chaque destin croisé, de chaque façon d'être en fonction de ce que chaque âge réclame.

— *Come into my shop. Looking is free !* lança-t-il à Laura et moi en roulant son *r*.

Il avait des yeux émeraude, dix-sept ans au plus et toute la douceur de l'univers réunie sur le visage. Parmi tous ceux qui, comme ce garçon, nous hélaient sur le pas de leur échoppe, il fut le seul à me donner envie d'entrer. Il avait raison : regarder, c'est gratuit. Clopinant comme je le pouvais, je franchis le seuil de son petit magasin et commençai à éplucher les étagères où trônaient des centaines d'amulettes de divinités hindoues.

— Tu t'es fait mal ? me demanda Beaux Yeux. Je peux voir ?

Je retirai ma sandale, prise de court par la requête, amusée aussi comme par un enfant qui écarquille les yeux lorsqu'on lui permet de regarder un objet secret. Le gamin changea en effet de tête mais je ne vis point d'émerveillement sur ses traits.

— Un médecin, il faut voir un médecin maintenant. Je t'emmène.

— Oh non, c'est adorable mais c'est inutile ! Je rentre bientôt à Paris. Ça va aller...

— Bientôt c'est trop long. Tu vois le violet là, sous la peau ? C'est pas bon. Il faut qu'un médecin soigne. Je connais quelqu'un, je t'emmène maintenant.

— Tu ne peux pas laisser ton magasin sans surveillance pour moi. Je m'en voudrais beaucoup si on te volait quelque chose. Ne t'inquiète pas, ça va aller je t'assure.

— Tu as peur que je t'enlève et que je t'égorge pour prendre tes affaires ou tu ne comprends pas que tu peux perdre ton pied si tu ne fais pas rapidement quelque chose ?

Laura sembla accorder plus de crédit que moi à ce que disait Beaux Yeux. C'est elle qui finit par me convaincre de le suivre. On ne sait jamais, s'il avait raison. Du moins en ce qui concernait le risque encouru par mon pied. La mobylette centenaire n'ayant qu'une place passager, nous dûmes laisser ma sœur à la terrasse d'un café avant de nous enfoncer dans la campagne indienne. Nous croisâmes sur la route des carrioles tirées par des buffles beiges nonchalants, des champs assoiffés et des rizières-miroirs que je regardai cette fois comme si le spectacle qu'ils offraient était le dernier cadeau fait à une condamnée. Quitte à mourir, je voulais que ce soit avec un peu de paix en moi, l'âme remplie de la beauté du monde. Un petit morceau d'éternité plus tard, le bicycle à moteur s'arrêta au milieu de nulle part, dans une sorte de clairière méprisée par les dieux mais occupée par une maison en bois sur pilotis. Une chèvre, des poules, des cochons... Mais aussi des gens qui, assis sur un banc de fortune, semblaient attendre quelque chose de précis.

Ce n'est qu'en entrant dans la pièce unique de la maison que je vis l'homme en blouse blanche et compris où j'étais. Sur ordre traduit de l'hindi en anglais par Beaux Yeux, j'ôtai mes chaussures et m'allongeai, raide d'inquiétude, sur la table d'auscultation. La blouse blanche bougea alors plusieurs fois mon pied de gauche à droite puis, tout en parlant avec ma jeune escorte, palpa différents points du mollet et du tibia. Jusque-là, les manipulations s'étaient avérées totalement indolores. Jusque-là seulement. Avant que je n'aie le temps de m'opposer à quoi que ce soit, le médecin appuya sur mon pied et en fit sortir un flot de substance odorante et jaunâtre. Puis il saupoudra la plaie avec une étrange farine et l'entoura d'un bandage.

— Le Dr Maharishi demande si tu cherches le sens de ta vie.

Rendue groggy par l'épreuve inédite que je venais de subir, je ne fus pas sûre de comprendre la question. Je me contentai de regarder les deux Indiens, spectatrice malgré moi d'une scène tirée d'un mauvais film. Beaux Yeux de poursuivre la traduction simultanée :

— Ta blessure aurait pu très mal finir si le Dr Maharishi n'était pas intervenu. Une simple ampoule n'aurait pas dû s'infecter autant, surtout si tu l'as régulièrement nettoyée. Il faut que tu comprennes que les pieds ne se contentent pas de tenir le corps droit sur le sol pour marcher. Ils sont aussi le point de contact avec le monde, la partie dont nous dépendons pour nous positionner dans l'espace, mais aussi dans nos relations avec les autres. En nous permettant le mouvement, ils donnent accès à la liberté d'avancer dans la vie. Pour mieux comprendre, tu dois voir en eux le symbole de ton équilibre intérieur, de l'assurance que tu as en toi, des choix de direction que tu fais et des buts que tu te fixes. Maintenant, c'est grâce aux pieds que nous nous déplaçons, mais c'est aussi à cause d'eux que nous restons immobiles, bloqués dans un lieu ou sur nos positions, incapables de nous extraire d'une situation insatisfaisante pour nous mettre en quête d'une meilleure. Voilà pourquoi le docteur souhaitait savoir si tu étais perdue dans ton existence et si tu savais ce qui t'empêchait à ce point d'avancer.

Il y a des mots qui transpercent comme des glaives. Des phrases qui déchirent les entrailles et provoquent une douleur si aiguë qu'elle va bien au-delà des larmes. À cet instant précis, ma peine était de celles-là. Elle avait beau me gifler et me griffer encore, je demeurai atone, incapable de savoir qui de mes pensées ou de mon corps me faisait le plus mal. À travers le discours de Beaux Yeux, le médecin venait d'appuyer sur le point le plus douloureux de mon existence. *Sais-tu ce qui t'empêche à ce point d'avancer ?* À cinquante ans, je ne savais plus qui j'étais, ni ce que je voulais. Comment aurais-je su où aller ?

— Jean-Marc. Il s'appelle Jean-Marc.

— Est-il mort ?

— Non. Seule notre histoire l'est.

Le Dr Maharishi laissa ma phrase s'évanouir dans le brouillard du silence et sortit d'un petit buffet trois bols en terre cuite. Pas un mot. Pas un hochement de tête accusant réception de ma réponse. Au-delà de l'embarras, il y a la honte. Et au-delà de la honte, il y a l'abîme du ridicule. Je m'y trouvais maintenant. Blouse Blanche avait affaire chaque jour au sordide de l'existence. Il côtoyait les drames de l'humanité, la souffrance de la faim et des maladies. À côté de ces vies démunies qu'il rafistolait de son mieux, mes blessures existentielles faisaient forcément pour lui piètre figure. Il s'attendait sans doute à ce que je lui confesse des mots méritant qu'il y consacre un morceau de son temps. Des maux pour lesquels il avait un remède. Il prit les trois bols en terre cuite et y versa le contenu d'un thermos posé sur le petit buffet. « Chaï masala, me dit-il en me tendant le breuvage. Buvez. » Il parlait donc lui aussi anglais. Beaux Yeux prit un des deux autres bols et pointa la porte d'entrée du doigt pour nous informer qu'il quittait la pièce. « Ne t'inquiète pas, je ne vais pas très loin. Je t'attends dehors. J'ai trop chaud à l'intérieur et tu n'as pas besoin de moi pour l'instant. » Un sourire timide se faufila entre les crispations de mes mâchoires. Quant à mon sens de la politesse, il me fit avaler une gorgée de cette boisson traditionnelle indienne. Une boisson déjà goûtée et peu appréciée, composée de lait, d'une quantité infinie de sucre, de thé noir, de cardamome, de morceaux de gingembre et de bâtons de cannelle. J'avais perdu tout sens de la réalité. Toute notion d'heure, de douleur et de lieu. Blouse Blanche n'avait pas d'âge. Seulement des cheveux et des yeux très noirs dans un visage taciturne dessiné au fusain. Avare de mots, guère avenant. Le genre d'individu à qui l'on ne s'oppose pas lorsqu'il somme de boire ceci ou de s'asseoir là. Le genre d'inconnu aussi qui jaillit des profondeurs du hasard et qui prononce la seule phrase que l'on a besoin et envie d'entendre : « Racontez-moi votre histoire. » Ce que les pensées taisent, le corps l'exprime. Pour Maharishi, mon corps avait déjà délivré son message. Il s'était rempli de pus pour alerter de l'état de mon esprit. À présent que mon pied avait été vidé de ce qui l'infectait, restait à nettoyer ce qui l'avait mis dans cet état. C'était peut-être ce que Blouse Blanche comptait faire en me prêtant l'oreille. Nous nous sommes assis tous deux en tailleur sur une natte près d'un ventilateur et il me laissa parler d'une traite, sans m'interrompre un seul instant. Je lui déversai le récit d'une rencontre que je ne soupçonnais pas possible après mon divorce. Phrase après phrase, je ressuscitai devant lui et à l'identique la tornade qui s'emparait de moi lorsque Jean-Marc était à mes côtés, la façon dont je me sentais presque me noyer chaque fois qu'il me téléphonait, m'embrassait, me faisait rire aux éclats. D'un mot à l'autre, je livrai à Maharishi cette sensation étrange qui m'avait tendrement enlacée pour m'assurer que j'étais enfin arrivée au bon endroit pour être avec la bonne personne. Comme une sorte d'évidence qui ne laisse aucune place au doute. Un Olympe que l'on finit par atteindre après avoir longtemps arpenté des sols arides et rocailleux. Blouse Blanche m'écoutait. Il me tendait aussi de temps en temps une boîte de mouchoirs en papier et remplissait mon bol en terre cuite lorsqu'il le voyait vide. Il n'était ni l'ami qui partage les joies ou sait sécher les larmes, ni la personne à qui l'on s'en remet pour connaître son avenir. Il n'était pas non plus le parent sage que l'on consulte d'ordinaire pour l'expérience de la vie ou l'un de ces mécaniciens de l'affect à qui l'on achète quelques tranches horaires d'écoute. Il était juste un médecin de campagne du bout du monde, un parfait inconnu destiné à retourner à jamais dans le nulle-part dont il avait surgi. Et pourtant. C'était lui et non un autre qui recevait ces bribes de mes souvenirs sans que je craigne qu'il n'en fasse rien. Arriva le moment où, à bout de mots et d'émotions, je me tus et laissai le silence prendre place dans la pénombre de la pièce. Puis la voix de Blouse Blanche prit la relève de la mienne.

— Dès notre plus jeune âge, on nous enseigne ici les quatre principes de l'existence. Le premier consiste à admettre que, quelle que soit la personne qui entre dans votre vie, elle est toujours la bonne. Cela signifie que nul être ne croise votre destin de manière fortuite ; il tient un rôle dans votre cheminement. Que cette rencontre soit heureuse ou douloureuse, fondamentale ou anodine, brève ou intense. Elle s'accompagne toujours d'apprentissages sur le monde ou sur vous-même. À chaque échange et à chaque moment, vous recevez et donnez quelque chose. Et ce, même si vous n'en comprenez pas le sens au moment où cela se produit. La seconde loi enseigne que ce qui arrive est l'unique chose qui peut arriver. Vous devez comprendre par là que rien de ce qu'il se passe ne peut se dérouler autrement. L'amertume que l'on récolte dans les champs du passé est un sentiment infertile. Inutile de vous en vouloir si vous n'avez pas accompli ceci ou n'avez pas été comme cela. Il est impossible d'esquiver certaines étapes nécessaires à un parcours de vie. Chaque événement, chaque épreuve, chaque choix conduisent tous à l'accomplissement. Tout a un sens, une logique qui certes nous échappe souvent, mais qui existe pourtant. Voilà qui nous mène au troisième précepte : chaque moment est le bon moment. Cela veut dire que les circonstances se combinent pour permettre à une nouvelle chose d'apparaître. Une chose que nous attirons inconsciemment et que nous sommes préparés à voir et à accueillir. Souvent, nous doutons du bien-fondé des nouveautés car nous estimons que le moment ne s'y prête pas. Pourtant, lorsque la vie nous met face à des situations à un moment donné, c'est parce que nous avons besoin de ce défi pour mieux poursuivre notre route. Enfin, le quatrième enseignement repose sur l'acceptation. Autrement dit, lorsqu'une chose est terminée, elle l'est pour de bon. Ce précepte est probablement le plus difficile et douloureux à admettre pour l'esprit humain qui s'accroche toujours à ce qui est impossible ou révolu. Néanmoins, il conclut les trois premiers en ouvrant les portes de ce qu'il reste à venir.

La nuit était tombée sur la clairière lorsque je sortis de la baraque en bois construite sur pilotis. Beaux Yeux m'attendait non loin de là, assis à califourchon sur sa mobylette centenaire, pendant que l'âme du monde se recueillait. Je remplis mes poumons d'air et regardai l'infini du ciel avant de le rejoindre. Je me vis aussi caresser le gros chat roux et blanc que les dieux venaient d'envoyer ronronner entre mes pattes. Un chat que le hasard ramenait au manque que j'avais des miens. J'enfourchai sans rien dire le bicycle à moteur, mis mes bras autour de la taille de Beaux Yeux et m'enfonçai avec lui dans l'obscurité de la campagne indienne.

Le meilleur moment de la tristesse reste celui où elle commence à partir.

Que reste-t-il des images qui défilent dans nos vies ? Celles qui éclaboussent si fort sur l'instant que l'on prie pour ne jamais les oublier. Où vont se cacher les émotions qui nous assaillent et que l'on engloutit, les paysages époustouflants que l'on découvre lors de nos voyages, leurs couleurs et leurs bruits ? Qu'advient-il des scènes qui nous bousculent, de ces rires et de ces baisers que l'on échange ? Je ne savais plus très bien ce qu'il me restait de l'Inde maintenant que j'étais rentrée à Paris. Ce qu'il resterait de ces photos engrangées en moi, une fois floutées par les années. La douceur de Beaux Yeux et la voix de Maharishi qui s'était élevée dans la pénombre de sa clairière ; les grappes de moines marchant nus sous leur toge orange dans les rues de Bombay ; la tarentule épaisse et noire à souhait et l'odeur du riz basmati tout juste cuit ; les mains tendues par des vieillards décharnés et les parures du Taj Mahal s'admirant dans les eaux du Gange. Tout s'étiolait déjà dans la grisaille parisienne. Il n'y avait presque plus trace de mon ampoule. Il n'en restait à présent qu'une ombre rugueuse posée sur la peau. Une empreinte sourde, silencieuse, laissée là par l'Inde pour que ma réalité ne reprenne pas trop vite le dessus. Cette marque s'était imprimée là. Elle me désignait l'endroit où Maharishi avait semé ses graines. *Sais-tu ce qui t'empêche à ce point d'avancer ?* Je n'avais toujours pas de réponse. Retour à une case départ. J'avais retrouvé Paris là où je l'avais laissée. Rien n'avait bougé. Une ville toutes griffes dehors et décidée à le rester. J'avais aussi retrouvé mes enfants. Mon fils, ma fille et leurs mêmes querelles incessantes qui ne laissaient jamais de place à mes besoins de silence. Et mes chats. Mes chats non plus n'avaient pas changé d'un poil. Ziggy la tornade mettait toujours la révolution au sein de mon petit clan. Sacha l'introverti était resté fidèle à son tempérament de pot de colle. Quant à Mozart l'empereur, il avait gardé ce pas sage et bienveillant qu'il trimbalait tout le temps d'un bout à l'autre de l'appartement. C'est d'ailleurs de ce pas-là qu'il m'avait pistée les premiers jours de mon retour d'Inde. De la chambre au bureau, là où je me trouvais, il s'était installé en boule sur mon pied blessé et y avait dormi en ronronnant. Ce n'était pas la première fois que je l'avais vu veiller sur moi de cette manière. À sa manière. Avec ses ondes monocordes et sereines. Avec la chaleur de son corps et la douceur de ses mouvements. Il y avait des années de cela, j'avais vu un chat des rues ronronner pour adoucir l'angoisse de son agonie. Je savais qu'en ronronnant les chats émettent des sortes de baumes sonores et guérisseurs. Des vocalises propres à leur espèce, capables d'apaiser les douleurs ou de décupler la quiétude. Mozart m'avait pistée dans tout l'appartement jusqu'à ce que la plaie de mon pied se referme. Tout comme la fois d'avant, où il n'avait presque pas bougé de mon ventre tout le temps d'une forte grippe.

Le fantôme de Jean-Marc continuait quant à lui de me suivre. De façon plus ou moins tenace. Il surgissait maintenant comme un diable sort de sa boîte. Pas en continu comme avant mon départ à Bombay, mais par bouffées. Le genre de bribes qui encerclent la gorge de leurs mains et serrent de toutes leurs forces avant de relâcher. *Lorsqu'une chose est terminée, elle l'est pour de bon*. Les derniers mots de Maharishi allaient et venaient dans ma tête. Des sortes de vagues offertes par une mer calme, qui lèchent régulièrement le bord des plages. En se retirant du sable, l'eau ne laisse qu'un souvenir éphémère, une trace qui s'évapore sans attendre la suivante. Il en était de même pour la maxime de Blouse Blanche. Elle allait et venait sans laisser de trace visible à l'œil nu. Elle ne me montrait pas où il fallait que j'aille pour accéder à l'acceptation du *plus jamais*.

Le téléphone sonna sans que je décroche. Je devais filer sous la douche. Je devais me préparer pour me rendre chez mon éditrice qui souhaitait me parler d'un nouveau projet. Cette fois, je ne pouvais pas m'écouter et passer la journée en boule dans mon lit en attendant que les enfants rentrent du collège. Ce jour-là, je ne pouvais pas me recroqueviller au milieu de mes chats en attendant que les jours passent. Un jean trop grand. Un peu de blush et du mascara pour sauver la face. Un carnet, un stylo. Un halo de parfum. Avant de quitter la salle de bains, je vis dans le miroir quelqu'un qui ne s'aimait pas. Quelqu'un que je n'aimais pas non plus. Une femme de cinquante ans qui avait perdu son devenir – son avenir – et à qui j'en voulais pour ça.

Les fenêtres du bureau de Muriel prenaient de haut les quais de Seine et il m'avait fallu passer par le purgatoire du métro pour voir ça. La maison d'édition avait récemment quitté l'hôtel particulier qu'elle occupait dans le Quartier latin depuis sa création, et investi un immeuble immensément moderne à côté de la bibliothèque François-Mitterrand. Le craquement des escaliers sous mes pas, les couloirs étriqués qui sentaient bon les belles-lettres, les boiseries d'époque que je touchais en guise de talisman… Tout cela avait disparu au profit de kilomètres de métal et de vitres transparentes, d'escalators vertigineux et de moquettes silencieuses. Il n'y avait plus rien de ce que j'aimais tant. Tout était devenu froid, rigide, retenu. Tout s'était désincarné. Sauf elle. Là où le métier brassait ses flatteries d'ego, mon éditrice avait gardé le verbe franc. J'avais toujours aimé en elle ses phrases courtes et bien pensées. Muriel avait le don d'aller à l'essentiel avec tendresse et je savais qu'avec elle je n'avais pas besoin de prendre sur moi pour faire semblant. Je la connaissais depuis longtemps et je trouvais son sourire toujours aussi joli. Elle avait été la première à s'intéresser à ma prose débutante et nous nous faisions maintenant toutes les deux confiance. « Toi qui connais bien les chats, me dit-elle, j'aimerais que tu écrives un livre sur eux. Plus précisément, sur leur tempérament, leur façon d'être, ce qu'ils nous apportent... Tu as carte blanche. Je voudrais présenter le projet à la prochaine réunion éditoriale. Si tu es d'accord sur le principe, j'aurais besoin que tu rédiges la note d'intention pour dans, disons… une dizaine de jours ? Sortie en octobre. Je sais, c'est court… », conclut-elle en posant ses deux mains sur les miennes. Que pouvais-je lui répondre à part lui promettre de m'atteler rapidement à la tâche ? C'est ce que je fis. Je lui promis de lui envoyer quelques pages dans les délais demandés. Une pure folie puisque cela faisait des semaines que je n'arrivais plus à écrire. Des semaines que mon ordinateur me terrorisait plus que de raison. Il était devenu mon meilleur ennemi et je ne me sentais plus capable d'affronter nos tête-à-tête. J'étais tarie, à sec de mots. Je n'arrivais plus à choper une idée pour lui donner corps. Chaque livre exige que l'on y laisse des bouts de soi et Jean-Marc avait tout pris. Seulement voilà : les contrats ne se refusent pas. Encore moins ceux qui viennent de Muriel. Sur le chemin qui nous conduisait aux ascenseurs, nous échangeâmes quelques anecdotes sur nos enfants et je lui racontai succinctement l'épisode de la tarentule pour le plaisir de voir encore son joli sourire. Lorsque les portes métalliques s'ouvrirent devant nous, elle me serra contre elle et laissa glisser sur ma joue : « Ne t'inquiète pas, je sais que ça va aller. » Jusque-là, ce rendez-vous m'avait offert une trêve dans l'asphyxie. Il m'avait permis d'avoir les idées occupées par autre chose que par Jean-Marc. Je n'avais pas regardé mon téléphone pour savoir s'il s'était connecté. Je n'avais pas non plus cherché sur les étagères du bureau de mon éditrice des romans susceptibles de lui plaire. Oui, mes pensées étaient parties là où il n'était pas et ça m'avait fait du bien de constater que la douleur pouvait de temps à autre ne plus exister. Je savais pertinemment qu'à travers sa dernière phrase Muriel avait fait allusion aux délais très serrés qu'elle me demandait de tenir. Je savais qu'il n'avait pas été question pour elle de m'encourager à guérir mais plutôt à écrire. Sorti de son contexte, son propos avait été facile à détourner. Elle avait dit : « Je sais que ça va aller » et j'avais entendu : « Tu vas guérir de Jean-Marc. » Cette phrase m'avait ramenée instantanément là où je n'en pouvais plus d'aller. À savoir dans mon passé. Celui qui faisait si mal. Si je voulais m'en extraire et reprendre ma route, je n'avais d'autre choix que de quitter ce chemin de croix et regarder ce qui se profilait devant moi : ce livre. Un but, enfin. *Chaque moment est le bon moment*. Je compris alors le message de Maharishi. Cette proposition n'arrivait pas par hasard. Elle était là pour m'indiquer le sens de la marche à suivre alors que je ne savais plus où aller ni quoi faire de moi. Pour m'obliger aussi à me remettre à écrire avant qu'il ne soit trop tard. Cette proposition me rendait tout simplement le goût de l'envie. Restait maintenant à demander à mes chats ce qu'ils pensaient intéressant que je raconte à propos de leur espèce.

Il faut parfois du temps avant de comprendre l'évidence.

L'ordinateur était allumé devant moi et me narguait de tout son écran. La page qu'il affichait demeurait blanche, obstinément hostile à accueillir le moindre mot qui donnerait envie d'être lu. Je me fis un café, le énième de la matinée, et tendis la main vers mon téléphone pour appeler Muriel. Il fallait que je la prévienne. Je devais lui dire que je n'y arrivais pas, que j'avais réfléchi depuis la veille et qu'elle avait tout intérêt à proposer ce projet à un autre auteur. Tant pis pour le contrat et l'argent qui allait avec. Tant pis pour le risque que je prenais de décevoir mon éditrice. *06 41 74...* Sacha couina et tapota délicatement mon épaule du bout de sa patte. Je ne l'avais même pas vu s'approcher de moi. Je n'avais pas vu que mon petit marquis au noble pedigree persan avait quitté son sommeil et la chambre pour me rejoindre et sauter sur le bureau. *Qu'est-ce que tu veux ? Tu as à boire et la gamelle est pleine de croquettes.* Sacha soutint mon regard et couina une seconde fois en guise de réponse. D'autres petits coups de coussinets sur mon bras confirmèrent qu'il s'était fixé un objectif et qu'il n'était pas question pour lui d'y renoncer tant que je ne l'aurais pas satisfait. Que je fasse semblant d'ignorer sa requête ne le découragea pas. J'avais décidé d'appeler Muriel et Sacha avait décidé que je ne le ferais pas. D'ordinaire, lorsqu'il me sollicitait de la sorte, c'était pour que j'ouvre mon bras et l'accueille contre moi. Il se pelotonnait alors dans le couffin formé par mon corps et y dormait tout le temps qu'il le souhaitait. Cette fois, je ne décodai pas la demande de mon chat puisque, comme je n'étais allongée ni sur mon lit ni sur le canapé, le contexte ne se prêtait pas aux câlins. Je ne compris pas d'emblée ce qu'il voulait. Pourtant, je renonçai à composer le numéro de mon éditrice et pris Sacha dans mes bras. Il n'y resta pas plus de cinq secondes avant de vouloir en descendre. Je le posai par terre et repris mon téléphone. *06 41*... Mais Sacha ne l'entendit pas de cette oreille. Il sauta à nouveau sur le bureau et commença à lécher mon avant-bras, comme s'il se livrait à sa plus grande déclaration d'amour. Son entêtement me fit sourire et oublier en même temps que je n'arrivais pas à écrire. Je lui caressai la tête de ma main libre ; il stoppa net sa farandole de baisers humides et me présenta son arrière-train en signe de confiance. Je lui grattai le dos ; de sa démarche élégante, il se mit alors à balayer de va-et-vient le clavier de l'ordinateur. « Pousse-toi de là, m'entendis-je lui dire un peu sèchement. Tu m'empêches de travailler. » Était-ce seulement vrai ? Je m'étais engagée à écrire un livre sur les chats et Sacha venait de faire en sorte que je n'y renonce pas. Il m'avait montré à sa manière que la meilleure façon d'atteindre un but reste la patience. Sans se laisser débouter par le premier obstacle rencontré, à savoir mon manque d'aptitude à traduire ses intentions, il avait continué calmement à appliquer sa stratégie jusqu'à obtenir gain de cause. Il voulait mon attention et s'était débrouillé pour que je la lui donne. Il avait assez confiance en lui pour ne pas craindre l'échec. Sans le savoir, mon chat venait de tout débloquer dans ma tête. Puisque mon éditrice voulait un livre qui traite à la fois du tempérament des chats et de ce qu'ils apportent aux humains qui les côtoient, j'allais lui livrer leurs leçons de sagesse. Un guide qui consisterait à s'inspirer du mode de vie des petits félins pour gagner en assurance et en sérénité : *La Méthode Chat*.

Et sur la page blanche qui me toisait depuis des heures, est apparu...

La Méthode Chat

Manuel de coaching félin

NOTE D'INTENTION

En écrivant que le temps passé avec un chat n'est jamais perdu, Colette ne s'y trompait pas. Comme elle, ceux qui partagent le quotidien de ces petits êtres à moustaches savent ô combien il est possible d'apprendre d'eux. Sous réserve bien sûr de les observer pour mieux s'en inspirer. Hédonistes avant tout, étrangers aux tourments, jouisseurs invétérés de l'instant présent, compagnons généreux de leur temps comme de leur identité, ils savent en effet embrasser la vie sans se laisser déposséder de leur âme.

Si les fées de la sagesse semblent s'être toutes penchées sur leur berceau, celles du bien-être existentiel ne les ont pas laissés en reste. Comment font-ils pour si bien savoir profiter de l'instant présent sans craindre le futur ni souffrir du passé ? Quel est leur secret pour ne jamais s'ennuyer, pour tirer profit de toutes circonstances, pour marcher droit en direction de leurs buts sans jamais trébucher sur l'impatience ? Par quel moyen réussissent-ils à vivre si pleinement l'attachement tout en fuyant la dépendance ? Telles sont les questions auxquelles *La Méthode Chat* propose de répondre. Chapitre après chapitre, ce guide de bien-être hissera les petits félins au rang de coachs de vie pour permettre aux lecteurs d'apprendre à exceller, comme eux, dans l'art de la positive attitude.

SOMMAIRE

Chapitre 4 – Savoir s'entourer

Chapitre 5 – L'art de la patience

Chapitre 6 – Le bonheur de l'instant

Quinze jours après avoir envoyé le projet par mail à Muriel, je reçus le contrat.

Aimer c'est donner ce que l'on a, sans se déposséder de ce que l'on est.

Dehors, les pluies de mars roulaient leurs tambours. Elles venaient se fracasser sur le bitume de la rue dans un vacarme assommant. Debout derrière la fenêtre, je n'entendais plus qu'elles. Impossible de me concentrer pour écrire ; elles faisaient trop de bruit. Alors en attendant qu'elles se calment, je les regardais s'abattre sur le sol et faire dégouliner les trottoirs, presque jalouse de chacune des gouttes d'eau qui, quelque part dans Paris, étaient en train de toucher Jean-Marc. J'aurais tout donné pour être l'une d'entre elles. Pour glisser sur son visage et finir ma route sur ses lèvres. J'aurais renoncé à être moi pour l'éternité si j'avais pu l'embrasser encore, ne serait-ce qu'une fois. C'était là mon erreur. J'avais été aveuglée par le désir de lui plaire au point de vouloir devenir une autre. Une femme que j'estimais parfaite. Pensant bien faire pour qu'il s'attache à moi, j'avais endossé la panoplie de la compagne docile, de la mère exemplaire et de la femme accomplie. J'avais tout fait pour que Jean-Marc voie en moi celle que mon mari m'avait reproché de ne pas être jusqu'à notre divorce. Résultat, aucun de mes efforts n'avait été récompensé et je vivais son rejet comme la plus cruelle des injustices. Un peu comme une gamine disciplinée et studieuse qui espère voir ses mérites gratifiés d'un bon point par son instituteur. Il n'avait pas été reconnaissant du mal que je m'étais donné pour lui. Finalement, était-ce sur la perte de Jean-Marc que je pleurais tellement ou sur la personne que j'étais devenue et que je détestais pour s'être ainsi laissé dépasser par ses illusions ? Jean-Marc ne m'avait rien demandé mais il m'avait laissée faire en m'encourageant presque à lui donner chaque jour davantage. Maintenant, j'avais beau repasser sans relâche dans ma tête le film de notre histoire, je ne parvenais toujours pas à mettre le doigt sur ce que j'avais dit ou fait qui avait amorcé son détachement. À moins... ? « Quelle que soit la personne qui entre dans votre vie, elle est forcément la bonne, avait dit Blouse Blanche. Elle s'accompagne toujours d'apprentissages sur le monde ou sur vous-même. » Évidemment, elle était là, la réponse. Quelle idiote avais-je été de ne pas comprendre cela plus tôt ! Cette rupture était là pour me faire grandir. Je ne devais pas la considérer comme étant une condamnation à l'errance, mais plutôt comme une porte ouverte sur le chemin de ma paix intérieure. Se comprendre soi pour mieux s'emboîter dans le monde qui nous entoure. La rencontre avec Jean-Marc faisait maintenant sens. Comme celle avec Beaux Yeux sans qui je n'aurais jamais pu faire la connaissance de Maharishi. Comme celle avec des centaines d'autres personnes que j'avais croisées dans ma vie ou auxquelles j'étais liée aujourd'hui d'une façon ou d'une autre. Elles m'apparaissaient toutes maintenant comme étant les marches d'un escalier qui mène à soi-même et que l'on gravit depuis son premier cri jusqu'à son dernier souffle. Et en poussant le curseur de cette réflexion un cran plus loin, je réalisai que mes chats, eux non plus, n'étaient pas là par hasard. À commencer par Mozart. Il avait débarqué dans ma vie dix ans plus tôt, et à sa manière, il avait fait basculer mon destin. À l'époque en effet, je n'aimais pas les chats. Ou du moins, l'idée que je m'en faisais ne leur était pas favorable. Je ne voyais en eux que des animaux indociles et hautains, capables de planter leurs griffes dans une main nourricière ou de porter malheur en traversant une rue. Je les imaginais indifférents et détachés de tout, profiteurs à leurs heures et capricieux à souhait. Il avait fallu que ma fille me supplie de réviser mon jugement et me convainque d'accéder à son rêve de compagnie féline pour que Mozart rejoigne notre clan. « C'est bon, tu as gagné. Je suis d'accord, mais je te préviens : il est hors de question que je m'en occupe, avais-je affirmé à ma blondinette. Je ne veux pas entendre parler de litière, de gamelle ou de vétérinaire. Considère que c'est TON chat et que c'est à toi d'en assumer la responsabilité. » Il en avait été bien sûr tout autrement. Avec ses grands yeux verts et l'innocence de ses quatre mois, la petite boule de poils gris acier n'avait pas eu grand mal à faire de moi son obligée. Sans chercher à me plaire comme l'aurait fait un chiot, Mozart avait délicatement investi mon quotidien et m'avait abandonné sa confiance. C'était à mes côtés qu'il venait ronronner lorsque je travaillais, c'était sur mes genoux qu'il choisissait de pianoter et autour de mes chevilles qu'il réclamait à manger quand je m'attelais aux fourneaux. Jour après jour, des liens singuliers s'étaient tissés entre ce petit empereur de gouttière et moi, au point que sa présence m'était devenue indispensable. Présent mais discret, affectueux mais insoumis, respectueux de mes besoins de solitude comme moi des siens, je l'avais regardé grandir en regrettant d'avoir perdu des années à mésestimer les félins. Ceux qui ont un chien aiment leur chien. Ceux qui ont un chat aiment les chats. À travers Mozart, son espèce m'avait cueillie là où je ne m'y attendais pas. J'avais eu alors envie de raconter notre histoire, d'écrire un livre sur la magie qui s'opérait lorsqu'il ronronnait près de moi. Et c'est ce livre-là qui avait changé ma vie ; il avait fait basculer mon destin. Le nom de Mozart m'avait permis d'installer le mien dans le rang des auteurs qui vendent même à l'étranger. Sacha était arrivé cinq ans après Mozart, et puis Ziggy nous avait rejoints. Et vivre avec mes trois chats me conduisait à présent à les regarder d'encore plus près pour retranscrire leurs leçons de sagesse.

Les giboulées s'étaient enfin tues. Je pus alors entendre les mots qui murmuraient dans ma tête. Je pus commencer à les coucher sur le clavier de l'ordinateur avant que les enfants ne rentrent de l'école avec cartables et en fanfare.

Chapitre 1

Aimer sans se perdre

« Si vous êtes digne de son affection, un chat deviendra votre ami mais jamais votre esclave. »

Théophile Gautier

Difficile de nier qu'un chat est capable d'amour. Difficile de ne pas prendre pour telles les preuves qu'il en donne chaque jour de sa vie. Impossible de ne pas considérer les attentions qu'il adresse à son ami humain comme l'expression de la douceur et de la bienveillance qu'il porte en lui. Oui, en rapportant ses trophées de chasse pour en faire cadeau à son compagnon homme, il souhaite lui faire plaisir mais n'attend rien en échange. C'est en se pelotonnant sur les genoux de l'être cher qu'il lui témoigne sa tendresse. C'est en offrant ses paisibles ronronnements aux oreilles de son hôte qu'un chat scelle la complicité qui l'unit à lui. Assurément, un chat, ou plutôt les chats sont capables d'aimer. Et qu'importent les doutes qui agitent encore la communauté scientifique à ce sujet ! Tant pis pour ceux qui continuent de penser qu'il ne s'agit pas là d'amour mais seulement d'intérêt porté à celui qui les héberge et les nourrit. Les chats ont en eux le sens de l'abandon et du partage. Ils connaissent la richesse de l'étreinte et l'envie de réconforter. Ils savent donner et recevoir, être à l'écoute et protéger, partager ce qu'ils ont en faisant don de ce qu'ils sont. N'est-ce pas cela, l'amour ? N'est-il pas là question de cet élan du cœur qui pousse irrépressiblement un être vers un autre ? Certes, les chats n'ont pas la docilité des chiens. Ils ne connaissent ni la dépendance ni la soumission. Ils ne s'inféodent pas au souci de plaire et font mentir Tolstoï lorsque ce dernier affirme que *l'amour a toujours pour base le renoncement au bien individuel.* Quoi qu'il en soit, les chats ne souffrent jamais d'aimer. Reste à savoir comment ils font.

I - LE CHAT NE RENONCE PAS À SON IDENTITÉ

L'espèce chat compte autant de tempéraments différents que d'individus. Certains naîtront avec la gourmandise chevillée au corps, aux prises avec un appétit féroce pour tous les plaisirs de la vie. L'esprit vif et le pas alerte, ceux-là dévoreront tout ce que le monde peut leur offrir. Ils aimeront explorer, escalader, se mêler de toutes les situations et s'amuseront d'un rien jusqu'à épuisement. D'autres au contraire se montreront plus timorés. Aux délices d'une souris fraîchement égorgée ou d'une sieste dégustée sous un rayon de soleil, ces introvertis de nature préféreront défendre farouchement leur territoire intérieur.

Le besoin de tranquillité ancré dans leur ADN, ils n'apprécieront ni le bruit ni la foule.

Expert en pitreries ou icône de spiritualité. Actif, passif, imposant ou discret, un chat naît et demeure avant tout lui-même. Peu lui importent son poids, sa taille ou la couleur de son pelage. Il se moque de savoir si ce qu'il est plaît ou non. L'essentiel étant pour lui de faire en sorte qu'il n'y ait pas de différence entre ce qu'il est et ce qu'il fait, il ne cherchera jamais à se conformer à ce que l'on attend de lui.

Apprenez à vous aimer

Par la façon qu'il a de revendiquer ses choix et d'imposer ses actes, il est clair qu'un chat ne doute pas de lui. N'y voyez là de sa part aucune marque d'orgueil, d'égocentrisme ou d'autosatisfaction désobligeante à l'égard de ceux qui l'entourent. Il a simplement la capacité de ne pas laisser son passé ou le jugement d'autrui mettre en péril l'équilibre de son identité.

En ayant foi en ses qualités, il ne porte pas de regard accusateur sur ses éventuels défauts. Par là, il nous renvoie à la question fondamentale de toute existence : positionner son identité et lui trouver dans le monde la place qui lui convient.

Comment parvenir à s'apprécier au point de ne pas chercher en vain à changer pour plaire ? La première réponse est simple. Il faut commencer par chercher à se plaire. Autrement dit, il faut commencer par cultiver ce que l'on appelle « l'estime de soi ».

Il est vrai que l'image que l'on se porte évolue au fil du temps. L'enfant que l'on est porte son innocence en bandoulière. Il se soucie peu de savoir si son apparence ou son caractère ont de quoi séduire son entourage. Il fait ce qu'il est et inversement. Et puis en grandissant, il se confronte au regard de l'autre. Il se compare, encaisse les réprimandes ; il accuse les échecs et les rejets sentimentaux. L'image valorisante qu'il avait de lui s'abîme alors au fil des expériences négatives qui s'accumulent dans son inconscient. Et c'est à partir de là qu'il ne va plus s'aimer et va vouloir changer en conséquence. C'est d'ailleurs ce qu'il fait, généralement en détériorant davantage son corps ou son esprit. Il devient ce que les autres voient de lui au lieu de renforcer tout ce qu'il a de positif en lui.

Apprendre à s'aimer consiste à se détacher de l'image que l'extérieur renvoie. Il faut considérer que ce n'est ni le physique ni le mental qui doivent changer, mais le regard que l'on porte soi-même sur ces deux aspects de sa personnalité. Plus facile à dire qu'à faire ? Pas vraiment. Commencez par faire la liste de toutes les personnes que vous avez déjà séduites, celles des amis que vous avez fait rire et de ceux que vous avez consolés. Souvenez-vous des diplômes que vous avez décrochés et des moments dans votre vie où vous avez réussi à vous surpasser.

Pour vous réconcilier avec vous-même, soyez fier de ce que vous avez déjà accompli et réussi. Vous ajouterez ainsi de précieuses pierres aux fortifications de votre identité.

LE PETIT CONSEIL À MÉDITER DE SONJA HENIE :

« Le monde ne vous estime jamais plus que vous ne le faites. »

Ne changez pas pour être aimé

Le moins que l'on puisse dire, c'est qu'un chat ne se laisse pas facilement manipuler. Son propriétaire veut faire de lui une peluche docile et câline à souhait, alors que tout en lui n'est qu'indépendance et polissonnerie ? Il peut toujours essayer, il n'y parviendra pas. Aussi supérieure qu'il estime son espèce, l'humain réussira au mieux à apprivoiser un chat, mais jamais à le domestiquer. Il ne décidera ni de ses heures de repas, ni de celles de son repos. Il ne lui apprendra pas à faire le beau ou à ramener une balle. Il ne le forcera jamais à aller contre sa nature. Et ce pour une raison simple : un chat ne s'encombre pas du souci de plaire. Pas plus qu'il ne s'efforce de changer ce qui déplaît chez lui. Voilà sans doute pourquoi le chat nous donne à penser. Il nous amène à réfléchir sur les raisons qui nous poussent, nous, humains, à maquiller certains traits de notre identité dans l'espoir de séduire davantage une personne qui nous tient à cœur. Si bien d'ailleurs qu'il arrive parfois que l'on ne sache plus qui l'on est ou ce que l'on veut vraiment. D'aucuns parleraient là de concessions faites au nom de l'amour. D'autres évoqueraient les complexes d'infériorité qui taraudent l'identité profonde. Qu'importe. Dans un cas comme dans l'autre, le résultat reste le même : changer pour l'autre revient à se mentir à soi-même. Et il n'y a probablement pas de meilleur moyen pour que les conflits intérieurs s'installent.

Faire taire sa nature gourmande pour se délester de quelques kilos, dans le but de porter les vêtements qui plaisent à l'autre. Étouffer ses colères, ses caprices et ses coups de blues pour être toujours de bonne composition et lui être agréable. Renoncer à des envies de sorties, de voyages ou de grasses matinées parce qu'elles ne font pas écho aux siennes. Changer d'idéaux politiques ou de points de vue existentiels pour éviter tout sujet prêtant à discorde... En un mot, se construire un personnage aimable – autrement dit, digne d'être aimé – finit toujours par sonner faux. Dès que l'identité perd ses reliefs, elle perd en même temps son unicité. Celle-là même qui a séduit l'autre au début de la relation.

WINIFRED CARRIÈRE L'A DIT :

« Les chats savent très bien qui les aime et qui ne les aime pas, mais s'en soucient trop peu pour y remédier. »

II - LE CHAT SAIT DIRE NON

« Quand bon me semble ». Telle pourrait être la devise féline, inscrite en lettres d'or sur toutes les paires de moustaches. Eh oui, un chat ne fait jamais rien qui aille à l'encontre de son envie du moment. Petit être insoumis avant tout, il ne fait que répondre à ses besoins de liberté. Partant de là, il ne laisse rien ni personne entraver la route de son indépendance. Voilà sans doute pourquoi ce compagnon pas comme les autres ne s'impose ni contraintes ni obligations. Lorsqu'il accepte qu'on le caresse, c'est qu'il en a lui-même envie. Si on le sollicite, il peut accorder son attention mais jamais aux dépens de ce qu'il est en train de faire. Au rythme de son bon vouloir, il décide de ses retraites en solitaire comme de ses moments de partage. C'est en effet lui et lui seul qui choisit de grimper sur des genoux sans demander l'avis de leur propriétaire. Lui qui laisse libre cours à son élan de tendresse, frotte sa tête sur le corps de son hôte, le lèche, pianote ou ronronne. Et si d'aventure l'ami humain bouge ou le contrarie d'une façon ou d'une autre, le chat partira aussitôt pour aller voir ailleurs si sa tranquillité s'y trouve. Inutile d'insister en quémandant une prolongation de câlins. Mieux vaut savoir que, poliment mais fermement, un matou s'opposera toujours à ce qui lui déplaît, et ce, sans se soucier un seul instant de l'impact de son choix sur l'autre.

Suivez l'exemple de votre coach chat

Apprenez à vous revendiquer

Un chat refuse de venir à l'appel de son nom lorsqu'il estime avoir mieux à faire. Un chat esquive les caresses de son maître s'il préfère s'occuper à taquiner son jouet. Et quand un chat estime que l'endroit où il vit ne répond pas à ses besoins de confort, il part sans prévenir en chercher un autre. Inutile d'en dire plus pour comprendre que l'espèce chat sait refuser ce qui ne lui convient pas. Les matous savent dire, à leur manière, ce que nous, humains, avons tant de mal à prononcer. À savoir le *non*. Pas facile en effet de revendiquer sa volonté à travers ce mot. À travers ces trois petites lettres qui sont susceptibles de blesser, de vexer ou de mettre en colère celui ou celle à qui elles s'adressent. Cependant, nous avons tous connu l'âge où nous usions et abusions de ce tout petit mot. Enfants, nous avons tous clamé des « non », et ce, sans complexe ni diplomatie. Et pour cause : dans notre évolution psychologique, l'apprentissage de la parole s'accompagne toujours de ce que l'on appelle la « phase d'opposition ». Refuser d'obtempérer signifie que l'on se dissocie de l'autre. Nous marquons notre territoire psychique dès que nous commençons à nous percevoir comme un individu à part entière ; une personne distincte des autres qui dispose de sa propre pensée et qui compte bien le faire savoir. Partant de là, nous réalisons également que notre volonté peut être différente de celle d'autrui. En disant « non », nous imposons nos choix et entamons par là même notre processus d'émancipation. Seulement voilà : en grandissant, nous oublions que nous avons le droit de refuser de taire nos désirs. Nous prenons l'habitude de nous soumettre à la volonté des autres, même si cette dernière se cogne à nos aspirations profondes.

Envie de plaire, de satisfaire, crainte du conflit ou du désamour, peur de l'abandon... Les raisons conscientes ou inconscientes qui poussent à plier le genou sont nombreuses. Surtout lorsqu'il s'agit de relations amoureuses. C'est pourtant en se reniant que l'on finit par se perdre et laisser place au conflit intérieur. Il faut donc cesser de croire qu'oser dire « non » remet en cause l'affection dont on est l'objet. Dire « non » ne dévalorise pas l'identité. Au contraire. Croyez-vous sincèrement que l'on cesse d'aimer son chat lorsque ce dernier se rebelle ?

Apprenez à vous dire «oui»

Minou a sommeil ? Alors il dort. Et lorsqu'il a faim, il mange. Il a envie de s'amuser ? Tous les moyens sont aptes à le divertir. La vie en appartement le prive de chasse en pleine nature ? Il comble ses pulsions de prédateur avec une simple mouche qui tambourine sur une fenêtre. En effet, qu'importe son âge, sa race ou son sexe, l'heure qu'il est ou le temps qu'il fait dehors : un chat écoute toujours ses besoins, ses envies, son instinct. Et c'est parce qu'il se dit « oui » en priorité à lui-même qu'il lui est si facile de dire « non » aux autres.

Comme le chat, nous avons tous connaissance des besoins évidents à notre survie. Ceux qui nous poussent à dormir lorsque nous avons sommeil, à manger lorsque nous avons faim et à boire pour étancher notre soif. Nous savons identifier les appels de notre corps et y répondre en conséquence. En revanche, ce que nous savons moins bien faire, c'est être attentifs aux autres demandes de notre être. Pourtant, en parallèle de nos nécessités phares, il existe d'autres besoins physiques tout aussi indispensables. La détente en fait d'ailleurs partie. Souvent négligés – voire même ignorés – car considérés comme un luxe à satisfaire seulement quand on en a le temps, ces besoins inassouvis nous plongent peu à peu en état de déséquilibre. Au point parfois de mettre en péril notre état de santé. Apprendre à s'écouter, autrement dit à se dire « oui », commence donc par prendre modèle sur nos amis à moustaches. Comme eux, nous devons répondre à nos besoins – à tous nos besoins vitaux – lorsque ceux-ci se manifestent. Comme eux, nous devons prêter attention à nos sensations et nos ressentis sans jamais douter de leur légitimité.

III - LE CHAT DONNE SANS ATTENDRE EN RETOUR

Qu'il est bon de recevoir les attentions d'un chat ! Il est si doux en effet de se laisser bercer par ses ronronnements lorsque l'on a le cœur serré ou le corps tendu. Il est tellement touchant de recevoir ses petits mots d'amour à travers ses « Aouuu » et ses « Meiiin » lorsque l'on se sent seul ou triste. De sentir sa petite truffe humide se frotter contre nous lorsque l'on a besoin de tendresse... Oui, il n'y a rien de meilleur que la compagnie délicate d'un ami félin pour se remplir d'un infini bien-être. Que demande-t-il en échange de ses élans de bienveillance ? Rien. Ou du moins, pas de service rendu ou davantage de nourriture. En contrepartie de son temps, de son écoute et de ses caresses, il n'attend rien qui puisse servir ses propres intérêts. Capable d'autant d'altruisme que de bienfaisance à l'égard d'une personne qui lui est chère, le chat a l'art de faire mentir ceux qui le croient égoïste, calculateur ou ingrat. Il est tout le contraire ! Attentif aux moindres états d'âme de son ami humain, il fera toujours preuve d'empathie sans autre but que de réconforter ou de faire plaisir. Il n'ira jamais vers l'autre pour combler ses propres manques. Et ce pour une raison simple : faire plaisir n'est pas pour lui synonyme d'abnégation. Autrement dit, il ne se prive pas, lui, de ce qu'il donne aux autres. Partant de là, les attentions qu'il porte à autrui n'entament en rien celles qu'il se porte à lui-même. Son confort, sa tranquillité et ses envies demeurant pour lui indissociables de son équilibre intérieur, il fait en sorte de les préserver sans attendre qu'ils soient comblés par les autres. Ainsi, sans manque ni frustration d'aucune sorte, il donne de lui-même sans se rendre dépendant du besoin de recevoir.

Suivez l'exemple de votre coach chat

Apprenez à être votre priorité

Si l'on part du principe qu'aimer quelqu'un revient à lui vouloir du bien et à agir en conséquence, il serait très simple d'aimer la famille, les amis et les conjoints à la manière des chats. À savoir sans aspirer en échange à quelque témoignage de gratitude que ce soit. Nous leur donnerions notre tendresse, notre écoute et notre prévenance juste pour le bonheur de les savoir heureux. Seulement voilà : notre psyché humaine est un brin plus complexe que celle de nos amis à moustaches. Entre ses blessures passées et ses aspirations à venir, elle s'emberlificote les pinceaux dès lors qu'il s'agit du sentiment amoureux. Est-il possible d'aimer à sens unique d'un amour pur, absolu, désintéressé ? Et cette question de nous renvoyer à d'autres : est-il possible d'écrire une lettre sans attendre de réponse ? De se démener au travail sans espérer de promotion ? D'acheter un cadeau à quelqu'un sans s'attendre à un merci ? Assurément non. Il est impossible de donner de sa personne sans aspirer à un « retour sur investissement ». L'être humain est fait ainsi : il a besoin de réciprocité pour se sentir exister. Et ce, que ce soit dans un duo ou au sein d'un groupe. Pour lui, l'équilibre d'une relation repose sur un échange équitable, celui qui fait qu'il ne se sent ni lésé, ni frustré, ni déconsidéré, ni dépossédé de ce qu'il a en lui. Comment parvenir alors à aimer – c'est-à-dire à donner de soi – sans mettre en péril son assise intérieure ? Quel degré de sagesse faut-il atteindre pour se détacher de ce besoin presque vital de reconnaissance ? Résoudre l'équation consiste à trouver le juste équilibre entre l'altruisme et une certaine forme d'égoïsme. À savoir faire comme les chats. Apprendre à faire plaisir mais sans pour autant s'oublier au passage. Et c'est lorsque l'on n'attend rien de précis que l'on est plus disposé à s'attendre à tout. À commencer par les surprises agréables que réserve la vie.

Libérez-vous de l'attente

Dans tous types de relations, nous attendons souvent que l'autre agisse pour nous comme nous le faisons pour lui. De cette attente généralement insatisfaite naît la douleur de la déception. Il n'en faut guère davantage pour que nous nous sentions enchaînés au bon vouloir de l'autre, tributaires de ses envies comme de son tempérament et de ses capacités à donner en échange. À trop espérer la même sincérité, le même altruisme, les mêmes élans, nous oublions au passage que les valeurs qui nous animent ne sont pas les mêmes chez tout le monde. Selon le philosophe William James, la manière la plus simple d'être heureux consiste à se libérer de l'attente. Reste bien sûr à savoir comment s'y prendre, pour réussir, comme nos chats, à aimer aussi librement que sereinement.

Comme le disait l'auteur américain Cleveland Amory : « Quiconque les a un tant soit peu fréquentés le sait bien, les chats font preuve d'une patience infinie envers les limites de l'esprit humain. » Oui, les chats savent faire preuve d'une tolérance absolue à l'égard de… la différence. Ils n'attendent pas de leur maître que celui-ci se mette à ronronner en pianotant sur leurs épaules. Ils ne s'énervent pas si l'ami humain ne comprend pas d'emblée qu'ils veulent boire, manger ou sortir. Ils ne se vexent pas si leur hôte les repousse gentiment alors qu'ils ont envie d'un câlin. Partant de là, ils ne peuvent être déçus de ne pas trouver l'autre là où ils ne l'attendent pas. Ne pas souffrir de l'attente commence donc par accepter que tout le monde n'ait pas les mêmes envies, le même caractère, la même vision des choses ni les mêmes besoins au même moment. Chacun est donc libre de s'exprimer à sa guise, sans avoir la contrainte de se plier à ce que l'on attend de lui.

Une fois ce point éclairci, reste à apprendre à ne plus confondre attente et dépendance. En effet, l'attente se construit souvent sur des besoins inconscients, des manques à combler provenant de l'enfance, des blessures anciennes à soigner. Seulement voilà : l'autre ne peut pas réparer ce qu'il n'a pas cassé. Il n'est d'ailleurs pas là pour ça. En comprenant et en acceptant cela, nous nous rendons moins dépendants et donc plus libres du comportement d'autrui.

Exprimer clairement ses besoins reste une des clés essentielles si l'on souhaite se libérer des chaînes de l'attente. En effet, dans le domaine de nos besoins psychologiques, personne ne nous apprend sur les bancs de l'école comment les satisfaire. Nous n'avons pas de professeur capable de nous dire comment obtenir de la reconnaissance ou de l'attention de quelqu'un d'une façon saine, sans mettre en place des stratégies alambiquées dans le but de recevoir un peu de considération. Autrement dit, nous n'apprenons pas comment formuler une simple demande sans escompter que l'autre devinera l'objet de notre attente. Et c'est souvent parce que nous ne savons pas nous y prendre pour demander que nous n'obtenons pas ce que nous souhaitons. Voilà pourquoi nous espérons de la part des autres – à commencer par un conjoint – qu'ils devinent ce dont nous avons profondément besoin. Les chats, eux, sont clairs dans leurs requêtes et ne s'encombrent pas de la peur du refus.

Les douceurs de la vie peuvent parfois prendre racine dans les douleurs de l'expérience.

Tout au long de la journée, les mots avaient défilé sous mes doigts. Ils s'étaient enchaînés les uns aux autres presque malgré moi, comme si Sacha, Ziggy et Mozart me les avaient soufflés en venant dormir chacun son tour à quelques centimètres de mon ordinateur. Mes trois petits télépathes à moustaches, mes sources d'inspiration. Je m'étais même surprise à leur demander à voix haute s'ils validaient ce que j'écrivais. Sacha avait alors bayé aux corneilles, Mozart s'était mis à frotter sa joue contre le coin de mon écran, et Ziggy… Ziggy s'était contenté d'entrouvrir un œil pour le refermer aussitôt. Leurs signes d'approbation m'avaient plu. Nous n'avions pas besoin de plus pour nous comprendre. Je n'avais pas besoin de plus pour que mes angoisses de la page blanche se dissipent.

Écrire. Rien ne m'avait semblé plus apaisant qu'écrire, même si le premier chapitre de ce livre m'avait demandé de convoquer le maximum de souvenirs que j'avais de Jean-Marc. Je n'avais cessé de penser à lui, mais en l'utilisant presque comme un sujet d'étude. Du moins avec assez de recul pour que ma prose n'appelle pas de larmes. Dans notre passé commun, j'étais partie chercher le récit de nos premiers rendez-vous, de nos premières disputes, de mes premières désillusions. L'exercice s'était d'ailleurs avéré bien plus difficile que je ne l'imaginais. Moi qui pensais être plus forte que le temps, que ma mémoire savait se battre contre l'oubli, j'avais dû me rendre à l'évidence : les dates, les lieux, les mots et les situations n'avaient maintenant plus rien de précis. Alors, pour nourrir les paragraphes de la *Méthode Chat*, j'avais dû prendre mon courage à deux mains et consulter la mémoire de mon téléphone. Pour la première fois depuis la rupture, j'avais passé au tamis les archives de ma messagerie. Nos conversations épistolaires avaient ressurgi au rythme des glissades de mon pouce sur l'écran. Les unes m'avaient fait sourire ; les autres un peu moins ; celle-là plus du tout.

Message
Mer. 5 févr. à 23 : 03

Jean-Marc chéri, pas la force de lutter davantage contre le sommeil.
J'aurais adoré m'endormir en entendant ta voix.
Sois prudent sur la route si tu n'es pas encore rentré.
Il y avait du verglas sur le périph tout à l'heure.
Doux baisers

Ah ouais ? :))

Quoi «ah ouais» mon ange?

Je viens de rentrer.
Je suis resté au bureau pour finir ma compta.
J'ai bossé toute la journée avec un point terrible dans les épaules. Marre de vivre avec toutes ces douleurs. Ça m'épuise.

Aïe :(Je ne t'ennuie pas plus longtemps alors.
Prends un bain, joue un peu de piano, décompresse.
Pas d'urgence. On se parle demain. Des baisers

OK. Mais tu ne m'ennuies jamais beauté.
Et sinon ça va ?

Oui chéri, tout va bien.
Je sais que tu n'aimes pas trop ça mais...
je peux te poser une question?

Vas-y

Tu ne trouves pas ça dommage que nous n'échangions plus que des banalités d'usage alors qu'avant on se parlait vraiment?

Ben on se parle là :))

Arrête! Tu sais très bien ce que je veux dire. Parler de choses un peu plus intéressantes que des rendez-vous clients ou du temps qu'il fait dehors. Avant on échangeait sur tout. Ça ne te manque pas? Je ne te manque pas?

Joker :))

OK, donc ça veut dire non. Dans ce cas, tu ressens quoi au juste pour moi? Ça fait presque un an qu'on est ensemble. Je ne sais même pas d'ailleurs si je peux encore dire «ensemble».
On ne fait quasi plus rien ensemble.
Donc, ma question est : je suis quoi au juste pour toi?

Je ne sais pas quoi te répondre là.
Je n'ai jamais dit que tu ne me manquais pas.

T'es épuisant je te jure.
Je vais formuler plus clairement alors : tu tiens à moi?

Ben évidemment !

Super! Nous avons gardé au moins ce point en commun. Mais tu tiens vraiment à moi? Je veux dire... Tu m'aimes bien sans le «bien»?

Je suis vraiment crevé là poulette.
On parle demain si tu veux.
Bisous

Réponds juste à ma question, je t'en supplie.
J'en ai besoin Jean-Marc.
Après promis je te laisse tranquille.
J'ai besoin de savoir si tu m'aimes ou pas.
J'ai besoin de l'entendre
parce que tu ne le montres plus.

Lu le Mer. 5 févr. à 23 : 30

J'avais attendu toute la nuit qu'il me réponde. Les heures avaient poursuivi leur route jusqu'à l'aube sans que je puisse dormir. Elles avaient toutes été atrocement longues, à la fois oppressantes et barbares. Les unes après les autres, elles m'avaient traînée dans leur salle de torture en ricanant. J'avais senti chacune de leurs griffes se planter dans mon ventre et remonter vers ma poitrine en déchirant lentement les chairs. Je n'avais rien pu faire à part hurler en coupant le son. Le supplice avait duré jusqu'au petit matin. Le jour avait fait renaître avec lui l'espoir que Jean-Marc me réponde.

6 : 45, son réveil sonne. 6 : 46, il se lève, il enfile son peignoir et ouvre en grand les fenêtres et les persiennes de sa chambre. 6 : 49, il est dans la cuisine et boit son premier café. Noir, bien serré, sans sucre. 6 : 50, il sort une poêle du placard et deux œufs du réfrigérateur. D'une main, il les brouille sur la gazinière. De l'autre, il enlève le mode avion de son téléphone et lit les mails et les messages reçus éventuellement pendant la nuit.

Je t'en supplie Jean-Marc, réponds-moi, là, maintenant.

7 : 00, il parcourt les dix mètres qui le séparent de sa chambre. Là, il remet en place sa couette et ses oreillers puis ouvre le tiroir de sa commode. Il en extrait une paire de chaussettes et un caleçon mais n'enfile que le caleçon. Puis il se dirige vers son armoire et en sort une chemise noire. Ou peut-être celle qui est bleu de Nîmes, comme la couleur de ses yeux. Il la met, la boutonne et prend le jean plié la veille sur le fauteuil. Il le met, le boutonne, regarde l'heure. 7:12, direction salle de bains. Il lave ses mains, ses dents, rase ses joues, raccourcit un peu son bouc. Il prend son Bois d'Argent signé Christian Dior et en pulvérise quelques gouttes dans son cou. 7:25, il quitte la salle de bains et passe par la chambre pour prendre ses chaussettes avant de se rendre dans le salon. C'est là que l'attendent ses chaussures, son blouson d'aviateur, sa sacoche, sa montre, son casque et ses bagues de motard. Une fois prêt à partir, il regarde une dernière fois l'heure sur son téléphone avant de se diriger vers la porte d'entrée.

Je t'en supplie Jean-Marc, réponds-moi. Là, tout de suite, maintenant.

Il ne l'avait pas fait ce jour-là, pas plus que le jour suivant ni celui d'après. Son silence avait tout rendu insupportable. Des courtois « Bonjour madame » de ma gardienne, jusqu'à mon reflet dans le miroir. Chaque nuit, le même scénario s'était répété, suivi de celui des premières heures de la matinée. *Il va m'appeler, il va m'appeler, il va m'appeler. C'est impossible qu'il ne le fasse pas. Ça ne peut pas se terminer comme ça.* Bien sûr que si, ça pouvait finir comme ça, mais je ne l'acceptais pas. J'avais beau essayer de me raisonner, de prendre la réalité à-bras-le-corps et de l'affronter dans un combat sans pitié jusqu'à ce que ma fierté l'emporte sur la douleur, je ne parvenais qu'à me vider de mes forces. Au bout de cinq jours, épuisée d'avoir lutté en vain, j'avais fini par lui envoyer un message. Je m'étais mise à trembler de tous mes membres en lui écrivant : « Ça va ? » J'avais tremblé davantage encore en lisant sa réponse. « Oui et toi ? » C'était en fin d'après-midi, à une heure où je le savais un peu disponible… Je n'avais pas su poursuivre. Je n'avais pas su quoi lui dire. Ou plus exactement, j'avais eu trop peur d'essuyer à nouveau son silence. Je n'avais pas eu le courage de risquer de m'infliger encore cette peine. Il ne m'avait pas relancée non plus. Nous en étions restés là. Pour de bon cette fois. J'ignorais ce qu'il était devenu, s'il avait rencontré quelqu'un d'autre. Une autre dont il était amoureux. Je préférais ne pas savoir. Nous n'avions aucune connaissance en commun, susceptible de m'informer de ce qu'il faisait de sa vie. Les jours s'étaient enchaînés, puis les semaines et les mois. Jusqu'à ce que ma sœur me propose ce voyage en Inde.

Je n'avais encore jamais relu nos messages. Je n'avais jusque-là jamais eu le courage de m'embarquer à bord de cette machine à remonter le temps, de me plonger dans ces archives consignées dans mon téléphone. Je ne m'étais jamais confrontée à leurs réalités jusqu'à ce que j'en aie besoin pour écrire le premier chapitre de *La Méthode Chat*. C'est comme ça que j'avais glissé s'en m'en rendre compte du rôle de victime à celui de témoin. Un statut qui s'était avéré évidemment beaucoup moins douloureux. J'avais réussi à porter un regard neutre sur l'entité Jean-Marc et comprendre en même temps par où notre histoire avait péché. Finalement, me pencher sur l'art d'aimer les chats m'avait appris que j'ignorais bon nombre de subtilités dans l'art d'aimer tout court. À l'évidence, j'exigeais trop de moi et j'attendais trop de l'autre. Je cherchais partout l'absolu alors que c'était en moi qu'il se cachait. Je sacralisais les émotions au lieu de construire les sentiments. J'avais un besoin violent d'être considérée par ceux qui m'échappaient… Jean-Marc n'avait été que le énième bûcher sur lequel je m'étais enflammée pour de mauvaises raisons, et à mon âge, il était grand temps que je m'en rende compte.

Le claquement de la porte d'entrée me signala que mon temps de travail était révolu. Le bruit allait revenir en même temps que mes enfants. Il allait chasser le silence pour prendre possession de tout l'appartement. La télévision allait être allumée ; des sonneries de téléphone allaient retentir ; des voix allaient s'élever autour de moi et s'immiscer dans ma tête en court-circuitant mes pensées. Je savais que mon combat contre le bruit était perdu d'avance. C'en était fini de ma journée d'écriture. D'une seconde à l'autre, une des deux tornades que j'avais engendrées allait passer sa tête dans mon bureau en me lançant un « T'as fait les courses ? Y a quoi à manger ? » Probablement sans que la requête soit précédée d'un gentil petit « Bonjour maman ». Je fis un rapide inventaire mental du réfrigérateur et conclus que je n'avais plus d'autre choix que d'aller au supermarché. *Contrôle A*. Barre d'outils. Statistiques… Verdict ? Le nombre de mots écrits était bien trop inférieur au quota que je m'étais promis d'atteindre chaque jour pour tenir le délai demandé par Muriel. Depuis que je m'étais remise à travailler, je n'avais pas encore ressenti cette panique sourde, presque glaçante, qui surgit devant les pages qu'il reste à noircir. Même si je l'avais maintes fois vécue et que je la connaissais par cœur, j'avais oublié l'existence de son étreinte à la fois douloureuse et stimulante, qui oblige au dépassement de soi. J'avais haï cette panique aussi fortement que je l'avais aimée. Je l'avais détestée pour le mal qu'elle me faisait chaque fois autant que je l'avais adorée pour m'avoir permis de me sentir intensément vivante. Alors que je la croyais disparue à jamais, cette panique était revenue, intacte et sans concession. Elle était là pour me montrer que rien n'était mort en moi. Jean-Marc avait pris un peu de mes rêves et beaucoup de mon temps mais contrairement à ce que je pensais, il ne m'avait en rien dépossédée de mon âme. J'en étais restée l'unique propriétaire, et comme mes chats avec la leur, je demeurais l'unique maître à bord de son destin.

Comme je l'avais prévu, des boucles blondes jaillirent de l'entrebâillement de la porte de mon bureau. C'étaient celles de mon fils. Mais contre toute attente, c'est un « Ça va maman ? T'as passé une bonne journée ? » qui s'est élevé en rompant le silence.

Les jours s'étaient sensiblement rallongés et l'heure d'été n'allait plus tarder à faire son entrée dans nos calendriers. Cette perspective me réjouissait sans réelles raisons. À part la remise de mon manuscrit, la vie ne m'avait fixé encore aucun rendez-vous pour les semaines à venir, mais cela m'était égal puisque je ne considérais plus les lendemains comme une peine de travaux forcés à perpétuité. *Lorsque la vie nous met face à des situations complexes à un moment donné, c'est parce que nous avons besoin de relever ces défis pour mieux poursuivre notre route.* Maharishi avait décidément raison. C'était la trouille au ventre que j'étais montée sur le ring affronter les messages de Jean-Marc. Je n'en étais pas sortie K-O, mais au contraire victorieuse. Je pouvais donc poursuivre mon chemin de façon plus légère, même si je ne savais toujours pas où il allait me mener.

En attendant la prochaine étape de mon existence, je partis faire les courses. Restait à préparer à dîner, lancer les machines de linge, dresser la table, servir, débarrasser, ranger le lave-vaisselle, nettoyer les litières, remplir les gamelles des chats, sortir le linge, le mettre à sécher, ouvrir le courrier, faire les chèques correspondant aux factures, renvoyer dans les chambres respectives les affaires de classe éparpillées dans le salon et descendre les poubelles dans la cour de l'immeuble. Une fois ces missions accomplies, je pus me servir un verre de bordeaux, me poser dans le canapé et allumer la télé. J'avais besoin de me vider la tête avant de m'atteler à une nouvelle journée d'écriture. Il fallait que je me déconnecte de ma réalité pour pouvoir me concentrer à nouveau le lendemain. Un film, une série, une émission de divertissement, n'importe quoi pouvait faire l'affaire du moment que je n'avais pas le moindre effort intellectuel à fournir. Cependant, je fus bien naïve de penser que je pouvais mener à bien ce petit projet. À peine mes jambes installées à l'horizontale et mon dos calé sur l'assise du sofa, un *Rrrrrrrrrrr* orchestral sauta sur mes cuisses et s'y installa pour pianoter. À cet instant précis, j'avais envie de tout sauf de sentir de petites griffes pointues à souhait traverser mon pantalon pour aller se planter dans ma peau. Sacha dut sentir ma réticence. Il cessa séance tenante son concert de bourdonnements et partit étaler sa volumineuse robe persane devant l'écran du téléviseur.

Je ne compris pas tout de suite pourquoi les chaînes se mirent alors à valser de l'une à l'autre sans que j'intervienne. « Sacha, pousse-toi ! Bouge de là, lançai-je sévèrement. Tu t'es allongé sur la télécommande, pauvre andouille ! » D'ordinaire, mon petit marquis s'effarouchait pour moins que ça. Il sursautait et se carapatait toujours pour un rien. Cette fois pourtant, mon éclat de voix ne fit pas mouche. Sacha daigna seulement se dresser sur ses pattes avant et fixer les images diffusées en me tournant le dos. Je découvris à ce moment-là le programme qu'il avait choisi pour moi. Léo était devant moi, assis sur le canapé de *La Grande Librairie* et il crevait l'écran. Léo... Mon Léo. Cela faisait longtemps que je n'avais plus de ses nouvelles. Enfin, pas directement. Dix... quinze ans peut-être ? Nous nous étions connus trente ans plus tôt, un mois de juin, pendant un salon littéraire. Il y était venu dédicacer son nouveau best-seller. Je venais tout juste de décrocher ma licence de lettres et j'avais goulûment lu tous ses précédents livres. Lorsque je m'étais approchée de lui comme une petite fille timide et très impressionnée, il m'avait souri et je m'étais sentie femme pour la première fois. Je lui avais tendu l'exemplaire de son roman pour qu'il le signe, il y avait écrit son numéro de téléphone en me demandant si nous pouvions nous revoir pour parler *plus longuement*. Tout s'était ensuite enchaîné très vite. Un wagonnet qui parcourt un grand huit. Nous nous étions aimés. Longtemps. Passionnément. À la manière d'Humphrey Bogart et Lauren Bacall, avec un *ni avec toi, ni sans toi* en plus. Comme eux, vingt ans nous séparaient. Comme lui, Léo était déjà célèbre au moment de notre rencontre. Comme elle, je démarrais à peine dans la vie. Nous avions tout le reste en commun. Presque tout. Le seul vrai fossé qui surgissait régulièrement entre nous se situait là où Léo plaçait ses priorités. Il était attaché à sa liberté plus qu'à quiconque. Par voie de presse, il le disait à qui voulait l'entendre et dans les interviews qu'il accordait, il ne manquait jamais de rappeler que *sa vie d'homme n'était qu'un entracte dans sa vie d'écrivain*. Il le disait, aux journalistes comme à moi, mais je ne captais pas. Je ne savais pas encore à quel point l'écriture rend l'identité fragile émotionnellement. J'étais trop jeune pour comprendre qu'il défendait sa liberté pour protéger son souffle. Je n'avais pas assez de maturité pour accepter ses retraites d'écriture sans souffrir de l'éloignement qui les accompagnait. Malgré les nombreuses années durant lesquelles nous nous sommes aimés, je n'avais jamais réussi à m'habituer à passer de l'intensité au néant, de la fusion extrême à une coupure radicale de contact. Et puis un jour, le père de mes enfants était passé par là. Une rencontre sans grand relief mais tellement reposante. Reposante comme une traversée à bord d'un paquebot qui retrouve des eaux calmes après avoir bravé une tempête. Je n'avais alors pas eu besoin de plus pour mettre un terme à mon premier grand amour. Cela faisait quinze ans déjà.

Intentionnellement – ou pas –, Sacha venait d'exhumer cette tranche majeure de mon passé. Je lui en étais reconnaissante. Ressusciter ainsi Léo, c'était m'inciter à partir avec mes chats explorer tous les recoins de la liberté.

Chapitre 2
Leçons de liberté

« Un chat ne voit pas quelle raison il aurait d'obéir à un autre animal, fût-il sur deux pattes. »
Hunter S. Thompson

Quels que soient les siècles et les civilisations, aussi loin que remontent les mémoires, il n'y a pas d'animal autre que le chat qui incarne davantage l'esprit d'indépendance et de liberté. Qu'il soit gravé sur les blasons des rois de Bourgogne, estampillé sur les artilleries des soldats romains ou brodé sur les drapeaux des peuples wisigoths, ce félin miniature a de tout temps véhiculé l'image d'une âme sans contrainte, disposant à sa guise de son temps comme de son destin. Il faut dire que depuis qu'il a quitté ses terres sauvages pour se rapprocher des premiers hommes, le chat n'a jamais failli à sa réputation de compagnon farouchement autonome.

Et ce, malgré l'affection dont il a toujours fait preuve. Apprivoisé mais jamais domestiqué depuis le Néolithique, insoumis jusqu'au bout de ses coussinets, il n'a jamais connu le statut d'esclave puisqu'il n'a jamais accepté d'avoir de maître. Et pour cause. Pour lui, l'existence se conçoit d'abord en solitaire. Pas question pour le chat de subir les contraintes hiérarchiques qui s'appliquent dans l'organisation des meutes. Pas question d'attendre de quiconque sa pitance, sa protection ou son toit. Et c'est parce qu'il s'est toujours suffi à lui-même pour subvenir à ses besoins qu'il symbolise autant l'emblème de la liberté. Celle qui permet de vivre en société tout en restant maître de ses choix et affranchi des chaînes de l'affect. Si bien d'ailleurs que l'on ne peut que l'envier de savoir préserver son identité. Reste à comprendre le feu sacré qui anime ce petit être pas comme les autres pour mieux prendre exemple sur lui.

I - LE CHAT EST SOCIABLE MAIS INDÉPENDANT

Qui a dit que pour être libre, il fallait être seul ? Qui affirme que l'indépendance ne peut s'acquérir qu'au prix de l'isolement, loin de tout contact avec le reste des vivants de ce monde ? Certainement pas le chat ! Il n'a pas plus en lui l'ADN du gros ours mal léché que celui du vieux loup solitaire. Ce n'est pas en se coupant radicalement des autres qu'il préserve sa tranquillité. Ce n'est pas en faisant de la misanthropie son unique règle de conduite qu'il obtient sa paix intérieure. Qu'on se le dise : le chat est un être sociable. Ou du moins, il est tout à fait capable de vivre en groupe s'il y trouve un intérêt et de tisser des liens avec des membres de son espèce ou d'une autre. Sous réserve ? De ne jamais se mettre en état de dépendance physique ou émotionnelle. La preuve en a d'ailleurs été donnée par une étude américaine publiée dans le *Journal of Comparative Psychology*. Des scientifiques ont mis des chats et des chiens dans une situation problématique. Résultat : les chiens ont tous sollicité les humains pour obtenir de l'aide, alors que les chats ont tous tâché de s'en débrouiller tout seuls. Dans le même registre, une autre expérience a été menée en Angleterre, par un professeur de médecine vétérinaire comportementale. Afin de mesurer le degré de dépendance que pouvait ressentir l'espèce féline, des chats domestiques ont été mis dans trois situations distinctes : les uns en présence de leur maître, les autres avec un inconnu, ou seuls. Restait ensuite à mesurer le niveau d'anxiété généré par les différents contextes. En guise de baromètre, les maîtres d'étude ont pris en compte la quantité de contacts demandés par chaque chat, ainsi que les signes de détresse ou, à l'inverse, d'indifférence. Quel que fût le chat, pas un d'entre eux n'a manifesté de désespoir ou d'inquiétude. Chacun a vécu la situation sereinement, sans que celle-ci mette en péril sa tranquillité intérieure.

Cultivez votre indépendance affective

À l'évidence, un chat sait être heureux avec ou sans compagnie. Il apprécie le contact mais s'en passe aussi, sans que cela lui pose problème. La nature humaine n'est pas ainsi faite. Notre identité est taillée pour s'inscrire en société. Nous sommes faits pour vivre au milieu d'un groupe ou d'une hiérarchie et de ce fait, nous sommes plus nombreux à avoir besoin des autres que l'inverse. Il n'est donc pas question ici de parler d'indépendance sociale ou de liberté matérielle. Depuis la nuit des temps, nos existences s'imbriquent les unes aux autres pour servir nos intérêts communs. Nous sommes tous complémentaires et, par conséquent, dépendants. Il y a donc d'un côté le collectif et de l'autre, les individus qui le constituent. Seulement voilà : avoir besoin des autres matériellement ne signifie pas en dépendre affectivement. Vivre au contact des autres n'implique pas forcément en être dépendants émotionnellement. Certes, pour nous sentir exister, nous avons besoin d'une certaine dose d'attention, de considération, de tendresse et de reconnaissance. Nous avons tous besoin, à plus ou moins grande échelle, d'échanges et de marques d'affection. S'en priver en pensant acquérir ainsi sa liberté reviendrait à se rendre prisonnier des chaînes de la solitude sentimentale. Partant de là, pour rester libre même parmi les autres, il faut juste parvenir à ne pas basculer dans l'excès. Autrement dit, il faut éviter de vivre les sentiments – amoureux ou autres – comme une sorte d'addiction indispensable au bonheur. Comment s'y prendre ? Comment arriver à fonctionner comme les chats et à réussir à s'attacher sans s'enchaîner ?

Partez du principe que l'autre n'a pas à endosser la responsabilité de votre assise intérieure. Vous ne pouvez pas lui attribuer le rôle d'un parent trop absent affectivement pendant votre enfance. Le rôle de quelqu'un qui doit vous donner ce dont vous avez manqué. Il faut ensuite considérer que ce que l'autre vous apporte n'est qu'un cadeau bonus dans votre vie. Apprécier sa présence, se délecter de ses attentions, de son humour, de son intelligence... est une chose. En faire le centre de votre univers en est une autre ! Pour ne pas se mettre en situation de dépendance, il ne faut pas investir sur une source unique de plaisirs émotionnels. Sous peine de prendre le risque de voir son monde s'écrouler si ce point d'ancrage vient à disparaître. Combiner l'amour en couple aux joies de l'amitié et des hobbies permet ainsi de conjuguer sociabilité et indépendance.

FRANÇOIS-RENÉ DE CHATEAUBRIAND L'A DIT :

« J'aime dans le chat ce caractère indépendant et presque ingrat qui le fait ne s'attacher à personne, et cette indifférence avec laquelle il passe des salons à ses gouttières natales. »

Libérez-vous de la culpabilité

Si tant est que le chat soit doté de conscience, il ne l'embarrasse assurément de rien. Au-dessus de sa jolie petite tête, ne plane ni notion de morale, ni obligation de devoir envers ceux qui l'entourent. Nulle bonne conduite à tenir pour mériter sa place au sein du groupe. En ce qui le concerne, il accepte de vivre avec les autres mais pas en fonction des autres. Bien sûr, il sait ce qui est bon ou mauvais pour son alimentation, ce qui est positif ou négatif pour son confort, mais il ignore tout du bien ou du mal, de la gentillesse ou de la méchanceté, de la noblesse d'esprit ou de la traîtrise. Il n'a donc pas comme l'humain la peur du jugement. Le concept de coupable ou victime n'existe pas pour lui. Voilà pourquoi il agit sans jamais se mentir et assume tout ce qu'il fait sans jamais s'encombrer d'états d'âme. Pour s'en rendre compte, il suffit d'observer l'aplomb avec lequel il n'en fait qu'à sa tête. Il a envie de cavaler dans tous les sens dans votre salon parce que l'heure est à la distraction ? Peu lui importent les objets qu'il croisera sur sa route et qu'il cassera au passage. Un verre, un stylo, un bibelot lui déplaît dans son champ de vision ? Tête haute et sûr de lui, il s'en débarrassera d'un coup de patte convaincu en soutenant votre regard. C'est donc rempli d'audace et vide de scrupules qu'il parvient à s'épargner le sentiment de culpabilité et se sent libre d'agir.

Bien sûr, nous, humains, sommes éduqués pour ne pas nuire à autrui. Notre sens de la morale dicte nos choix et prend le pas sur nos envies la plupart du temps. La société dans laquelle nous vivons impose ses règles et notre liberté s'arrête là où elle empiète sur celle des autres. Pourtant, se défaire du sentiment de culpabilité libère de bon nombre d'amertumes. Sous réserve ? De commencer par apprendre à faire la différence entre la culpabilité salutaire et la culpabilité destructrice. C'est-à-dire apprendre à déculpabiliser de ne pas faire forcément ce que les autres attendent de nous.

Il faut savoir que nous vivons tous sous le joug de notre éducation socio-moralisatrice. Nous avons tous reçu des règles de politesse à respecter, des codes de conduite à tenir, des objectifs à atteindre, des rôles à remplir. Il n'est donc pas question de balancer par-dessus nos têtes ces enseignements qui n'ont rien d'accusateur, comme on jette un vêtement que l'on n'aime plus dans une benne à ordures. Il est juste question d'arrêter de flageller sa conscience lorsque l'on a envie de faire une sieste plutôt que le ménage ou de prendre un bain au lieu de préparer à dîner aux enfants. Prendre du temps pour soi n'en retire pas aux autres. Au contraire, même. Cela leur permet de profiter de votre bonne humeur, née des instants que vous vous serez consacrés.

C'EST JEFF VALDEZ QUI L'A DIT :

« La devise du chat :
qu'importe ce que tu fais,
essaie toujours de faire croire
que c'est la faute du chien. »

II - LE CHAT RESTE MAÎTRE DE SES CHOIX

Voilà probablement un des traits de caractère les plus ancrés chez nos amis les chats. Quels que soient leur âge, leur race ou leur entourage, ils ne laissent jamais quiconque décider à leur place de la compagnie qu'ils tolèrent ou de la façon dont ils séquencent leur temps. Amoureuse de l'espèce féline, Françoise Giroud ne disait-elle pas à ce sujet : « On ne possède pas un chat, c'est lui qui vous possède » ? En effet, toute sa vie durant, le chat ne fait que s'appartenir. Il reste libre de ses choix, à commencer par celui de l'humain avec lequel il tisse des liens. Sous réserve d'une relation harmonieuse, d'une nourriture abondante et d'un gîte confortable, il restera. Sinon, il ne s'empêchera pas de partir. Il quittera temporairement ou définitivement son foyer pour des cieux plus cléments et des gamelles mieux remplies.

Suivez l'exemple de votre coach chat

Ne choisissez pas en fonction des autres

Enfants, nous avons tous dû nous plier à la volonté de nos parents. Ce sont eux qui ont cadencé notre quotidien, décidé des vêtements que nous devions porter pour aller à l'école, des lieux de vacances où nous devions aller, des horaires de repas et de ceux du coucher. Ce sont eux qui ont toujours choisi à notre place et agi dans ce sens pour notre bien. Résultat, nous avons tous pris le pli de l'obéissance. Nous avons appris à ne pas contrarier l'autorité, même si elle allait à l'encontre de nos désirs profonds. En même temps, nous avons oublié que la seule et pleine liberté dont dispose l'être humain est celle de ses choix. Nous sommes libres en effet de choisir de voir un verre à moitié plein même lorsque celui-ci est à moitié vide. Libres de nous unir à une personne au lieu d'en subir une autre. Libres de nous défaire d'un certain nombre de contraintes émotionnelles à défaut de pouvoir éradiquer toutes celles que la société nous impose. Partant de là, reste à nous interroger sur ce qui nous pousse à ne pas être maîtres de nos choix comme le font nos amis les chats. Pourquoi restons-nous si tributaires du désir des autres ? La réponse toute faite voudrait bien sûr revenir sur le manque de confiance en soi. Sur la peur de décevoir ou l'envie de faire plaisir. Pourtant, en y regardant de plus près, on se rend vite compte qu'il n'y a pas que cela : endurer quelque chose – ou quelqu'un – qui nous déplaît profondément est également une forme d'autopunition. Notre inconscient dit que c'est le sort que l'on mérite, que l'on ne vaut pas mieux, que l'on n'a pas le choix... Alors nous nous taisons, nous ravalons, nous nous empêchons de choisir. Et nous laissons ainsi les autres dicter notre conduite. Mais si nous prenions le problème dans le sens inverse ? Si nous décidions que nous méritons ce qu'il y a de meilleur ? Que nous sommes à la hauteur des plus beaux cadeaux de la vie, et que c'est en leur nom que nous devons cesser de nous soumettre ? À l'instar de nos petits coachs félins, nous parviendrions sans doute à nous remplir plus souvent le cœur et la tête de choses aussi agréables que satisfaisantes.

Allez vers ce qui est bon pour vous

Voilà bien une chose que les chats savent faire : œuvrer pour ce qui leur est bénéfique et favorable. Leur liberté s'exprime aussi par là. Ils ne sont pas prisonniers de leurs expériences négatives passées car ils savent en tirer des leçons. Par exemple, ils ne retournent jamais dans un endroit où ils ont croisé un danger ; ils ne remontent pas sur une armoire dont ils sont tombés et ne s'approchent plus d'un plat qui les a rendus malades. Se calquer sur eux consiste donc à perdre l'habitude de répliquer à l'infini les mauvais schémas. En toute logique, si vous savez qu'un restaurant ne répond pas à vos attentes culinaires, vous êtes libre de lui accorder une seconde chance ou pas. Et généralement vous n'y retournez pas, au profit d'une table que vous savez apte à réjouir vos papilles. Il devrait en être de même pour toutes les autres choses de la vie. Des plus anodines aux plus fondamentales. Exemples ? Vous savez qu'en passant une soirée avec untel vous allez vous ennuyer à mourir : choisissez de ne pas gâcher inutilement votre temps en accompagnant cette personne juste pour lui faire plaisir. Allez plutôt au cinéma voir le film dont vous avez envie. En vous libérant de ce que vous savez être néfaste pour vous, vous aurez plus de latitude pour vous diriger vers ce qui vous est bénéfique.

III - LE CHAT NE CONNAÎT PAS LA CONTRAINTE

Essayez de prendre un chat dans vos bras contre son gré. Il va commencer par miauler son mécontentement, puis, si vous persistez, il va se débattre, voire vous griffer ou vous mordre pour que vous le relâchiez. En effet, nos amis à moustaches n'aiment pas du tout se sentir pris au piège. Et ce, de façon réelle ou symbolique. Il n'y a qu'à voir l'énergie qu'ils déploient à gratter à la porte d'une chambre si, en étant fermée, elle les condamne à passer la nuit au même endroit. Ils gratteront sans relâche, jusqu'à ce que leur colocataire humain se réveille et leur ouvre ladite porte. Cependant, ce n'est ni un besoin urgent à soulager, ni une petite fringale nocturne à apaiser qui auront motivé leur entêtement. Leur soif de liberté aura été leur seul moteur. Ils ne tolèrent pas plus les murs qui se dressent devant eux que les contraintes que les autres leur imposent.

Choisissez vos contraintes

À l'évidence, il est impossible de se dérober à toutes les obligations que la vie impose. À toutes les contraintes inhérentes aux engagements que l'on prend vis-à-vis de soi ou des autres. Nous ne pouvons pas déroger à la contrainte des transports en commun pour nous rendre au travail, pas plus qu'à celles des factures à payer, des enfants à éduquer ou du code de la route à respecter. Nous sommes tous en effet tributaires des règles que la société édicte et que nous ne choisissons pas. Pourtant, même si ces contraintes extérieures pèsent parfois lourdement sur nos épaules, il ne faut pas les considérer comme étant des entraves à notre liberté. Elles ne sont que la contrepartie des devoirs que nous nous devons d'accomplir en tant que citoyens ou responsables d'âmes. En revanche, il est possible de se défaire de toutes les contraintes que nous ajoutons inutilement à notre quotidien. En effet, partant du principe que toute responsabilité va de pair avec la contrainte de l'honorer, mieux vaut apprendre à y réfléchir à deux fois avant de s'engager. Choisir ses contraintes revient à réfléchir en amont sur la contrepartie qu'elles engendrent. Par exemple, si l'on accepte un travail qui se trouve à plus d'une heure de trajet de son domicile, la contrainte des transports en commun est-elle supportable au quotidien ou pas ? Ne vaut-il pas mieux continuer à chercher un emploi plus pratique en termes de géographie pour s'épargner l'épuisement des voyages ? Ce n'est pas tout. Choisir ses contraintes extérieures, c'est aussi apprendre à déléguer celles qui n'ont – pour vous – aucune promesse de plaisir. Cela peut commencer par demander à votre conjoint de partager les tâches ménagères.

Restez libres même dans les contraintes

Normalement, nos amis les chats ne sont pas faits pour vivre enfermés dans un appartement. Tout en eux appelle les promenades au long cours dans la nature et les vagabondages nocturnes destinés à la chasse ou à l'accouplement. Seulement voilà : l'humain a décidé pour certains d'entre eux qu'il en serait autrement en les contraignant à vivre en appartement. Certes, ces matous-là sont privés de leur liberté de mouvement. Ils n'ont pas le droit d'aller et venir à leur guise. Pourtant, ils restent libres malgré tout. Et ce, dans ce qu'ils sont profondément. Ils n'ont pas la liberté de faire mais conservent la liberté d'être. Autrement dit, ils ne connaissent pas la contrainte intérieure, celle qui bâillonne l'identité et les pensées. Comprenez par là que la vraie liberté n'est pas l'absence de servitude à l'égard d'autrui. Elle se trouve à l'intérieur de soi, et ce, dès lors que l'on cesse de confondre « être libre » et « être libéré des contraintes ».

C'EST JEAN-MICHEL WYL QUI L'A DIT :

« Écrire liberté sur le bord d'une plage,
c'est déjà avoir la liberté de l'écrire.
Même si la mer efface ce mot,
la liberté demeure. »

Il faut apprendre à considérer l'inutile bien au-delà de ses apparences.

Chère Madame,

Je m'appelle Katia Robillon et je dirige la librairie Les Mots pour le dire, située à Paris dans le 6ᵉ arrondissement. Je vous écris de la part de votre amie Isabelle Guyot, que j'ai rencontrée à l'occasion d'une séance de dédicace organisée dans nos locaux avec un auteur. Isabelle a vu vos livres présentés en tête de gondole à l'entrée du magasin. En effet, ils sont très appréciés ici et se vendent très bien, notamment ceux qui parlent des chats. Votre amie m'a conseillé de vous contacter en vue d'une rencontre/signature chez nous. Le week-end prochain si possible. Qu'en pensez-vous ?

Au plaisir de vous entendre

Bien cordialement

Katia

0145585807

Selon l'humeur du moment, certains mails flattent l'ego ou au contraire l'exaspèrent. Je ne sus pas très bien définir l'effet que me fit celui-là. D'un côté, cette femme me régalait de l'intérêt qu'elle portait à mes livres. De l'autre, son invitation me promettait une perte sèche de temps. J'avais l'habitude d'aller à la rencontre des lecteurs et je raffolais de leurs élans de gentillesse à l'égard de mon travail. J'aimais infiniment recueillir des confidences livrées en échange de celles qui étaient interprétées comme étant les miennes. Et sentir ainsi que des cœurs pouvaient battre au rythme de mes mots était ma plus belle récompense. Maintenant, je savais aussi pertinemment qu'en pleine période de vacances de Pâques les Parisiens désertaient la capitale. L'adorable libraire me demandait donc de venir passer un après-midi – presque assurément à fonds perdus – chez elle alors que j'étais à une heure de travail près sur *La Méthode Chat*. Le risque me sembla trop important pour être pris. *Les chats savent dire non mais ils se disent oui à eux-mêmes le plus souvent possible*. N'était-ce pas cela que j'avais écrit ? Rédigé noir sur blanc dans le chapitre « Aimer sans se perdre » ? C'était l'occasion de mettre mes propos en application et de mettre un terme à mes « Faites ce que je dis, ne faites pas ce que je fais ».

Je m'apprêtai donc à décliner l'invitation de Katia par retour de mail, plus ou moins convaincue du bien-fondé de mon choix et de l'inutilité du déplacement requis.

Chère Katia,

Je vous remercie infiniment de l'intérêt que vous portez à mes livres. J'aurais été absolument ravie de faire votre connaissance à l'occasion d'une dédicace. Mais malheureusement...

Une fois de plus, je ne pus poursuivre mon dessein jusqu'au bout. Ziggy choisit précisément ce moment-là pour entamer son quart d'heure de folie. En bon chat d'appartement qui se respecte, il avait décidé que c'était ici et maintenant qu'il devait se défouler en pratiquant sa séance de sport quotidienne. En moins de temps qu'il n'en faut pour l'écrire, je vis donc un bolide noir et blanc à longue queue détaler d'un mur à l'autre de l'appartement, se cogner aux pieds des chaises, faire des bonds sur place, se rouler dans une boue imaginaire, sauter comme un ressort du canapé à la commode – au canapé et, dans un dernier élan de dinguerie, atterrir *in fine* sur le clavier de mon ordinateur. Bien sûr, ledit ordinateur était non pas ouvert sur mon bureau comme d'ordinaire, mais sur le bord de la table basse du salon. Allez savoir pourquoi j'avais décidé de m'y installer pour travailler ce jour-là. Toujours est-il qu'à un centimètre près les prouesses hystériques de mon chat auraient pu faire voler l'appareil en éclats. Elles l'ont seulement renversé face contre sol. Résultat, écran noir. Voilà comment le mail que je destinais à Katia disparut instantanément. Rester calme. Ne pas se mettre à hurler contre un chat qui, de toute évidence, ne connaît ni de près ni de loin le sentiment de culpabilité. Ravaler ses pulsions meurtrières visant à éviscérer le coupable à moustaches. J'en conviens, il m'apparut plus facile de ramasser l'objet et de le rallumer pour reprendre là où je m'étais arrêtée. Rien ne pouvait m'empêcher d'écrire à la libraire, mais rien ne m'y obligeait non plus, du moins pas dans l'immédiat, si ce n'était la politesse de répondre sans tarder à la question posée. « Ne fais pas aux autres ce que tu n'aimes pas que l'on te fasse. » Combien de fois avais-je répété cette phrase aux enfants. Elle faisait partie de mes sermons éducatifs favoris et j'avoue que si j'avais pu la tatouer sur le bras de tous ceux qui s'évaporent lorsqu'on leur pose une question par écrit, je ne m'en serais pas privée. Et ce, évidemment, quelle que soit la nature de la question.

Chère Katia,

Je vous remercie infiniment de l'intérêt que vous portez à mes livres. J'aurais été absolument ravie de faire votre connaissance à l'occasion d'une dédicace. Malheureusement, je ne suis pas disponible le week-end prochain. Je suis donc contrainte de décliner à regret votre invitation.

J'espère que vous ne m'en voudrez pas et que nous parviendrons à faire coïncider ultérieurement nos agendas respectifs.

Bien à vous

Juliette

Je pris le temps de me relire avant de cliquer sur la flèche *Envoyer le message*. Et après relecture, corrections :

Chère Katia,

Je vous remercie sincèrement pour votre demande. J'aurais été ravie de venir, mais malheureusement je ne suis pas disponible le week-end prochain. Si vous le souhaitez, je vous invite à vous rapprocher de mon éditeur en la personne de Victoire (01 40 15 03 59). Elle est en charge du service des relations libraires et gère pour les auteurs ce type d'intervention.

En vous souhaitant une très agréable journée.

Bien à vous

Juliette Kaminski

Cette mise en pratique du *savoir dire non « façon chat »* s'avéra étonnamment délicieuse. Elle m'emplit d'une exquise saveur de légèreté, ne serait-ce qu'en soulageant ma conscience du poids de la contrainte. C'était bon, si bon, de goûter ainsi – et somme toute pour la première fois – aux plaisirs de la liberté d'être soi, d'arriver à me considérer prioritaire sans me soucier de la susceptibilité d'autrui. Le tout en demeurant courtoise et respectueuse des convenances. Il y a encore quelques semaines, je n'aurais jamais osé retourner cette invitation à l'envoyeur. Il aurait été fort probable que les affres de la culpabilité l'emportent sur mon intention de ne pas y aller. La peur de déplaire m'avait tant de fois mise en porte-à-faux. Une volonté trop timide, un manque de respect à l'égard de mon identité, une habitude de l'obéissance ancrée trop loin dans mon inconscient… Que sais-je. Néanmoins, ce jour-là, un peu grâce à Katia mais surtout à la *Méthode Chat*, je faisais connaissance avec la nouvelle *moi*.

Cette petite victoire en amenant une autre, je décidai de faire taire définitivement le chant des sirènes qui me taraudait depuis quelques jours : appeler Jean-Marc. Je pensais avoir besoin d'être mise à l'épreuve du son de sa voix. Je voulais avoir la certitude que la distance que je creusais à travers mes écrits n'allait pas se dissoudre sous les premiers frimas de la mélancolie. Je n'en fis rien. Selon Blouse Blanche, « lorsqu'une chose est terminée, elle l'est pour de bon. Cela veut dire qu'une autre va se produire. » Restait à savoir laquelle. Qu'allait-il se passer maintenant que j'étais exorcisée de l'emprise de Jean-Marc ? Je ne me contorsionnais plus de douleur à cause de lui et je m'en réjouissais, mais plus je sentais que je m'éloignais de notre histoire, plus je voyais se rapprocher de moi un autre précipice. Un trou gigantesque et terrorisant de vide. Un abîme sans fond et sans lumière, dans lequel toutes les âmes solitaires finissent un jour ou l'autre par tomber.

Être seule. J'élevais déjà toute seule mes enfants et j'avais choisi un métier qui m'invitait à la solitude. Je craignais que la vie ne me réserve davantage d'isolement. Par ailleurs, mon demi-siècle commençait à peser sévèrement sur la fraîcheur de mes traits et je voyais mal comment le destin pouvait intervenir dans un contexte aussi dépouillé que celui de mon quotidien.

Je n'eus pas envie de travailler ce jour-là. Il fallait que je sorte, que j'aille prendre l'air, que je sente le cœur de la ville pulser sous mes pieds. Pour le salut de ma santé mentale, il devenait urgent que j'aille prendre un bain de visages inconnus. Le même jean toujours trop grand, un trait d'eye-liner, du mascara, un peu de blush au creux des joues, autant de brillant sur les lèvres, un halo de parfum... Ne restait plus qu'à prendre mon sac, mes clés et à claquer la porte au nez de ma coquille existentielle. En descendant l'escalier, je ne pus m'empêcher de penser à mes trois chats. Contrairement au petit caniche qui avait pendant longtemps été mon témoin de vie, Sacha, Ziggy et Mozart n'avaient jamais geint en me voyant quitter l'appartement. Je pouvais partir et les laisser seuls une journée entière sans qu'ils semblent pâtir de mon absence. Les tourments de la solitude n'avaient en apparence aucune prise sur leur quiétude. Cette fois encore, j'eus la preuve de leur flegme inébranlable lorsqu'ils me regardèrent, par-dessus leur épaule, disparaître derrière la porte de notre logement.

Chapitre 3

Les atouts de la solitude

« J'ai beaucoup étudié les philosophes et les chats. La sagesse des chats est infiniment supérieure. »

Hippolyte Taine

Tout porte à croire que la sérénité d'un chat est inébranlable. Qu'il soit en train d'observer la vie à travers la fenêtre de son habitation, en cours de séance de toilettage ou roulé en boule sur son coussin préféré, il ressemble toujours à un vieux sage touché par la grâce spirituelle, bien à l'abri des turpitudes de son esprit comme de celles du monde qui l'entoure. Mais bien qu'étant étranger aux inquiétudes existentielles, le chat se montre une proie facile lorsqu'il s'agit de stress. Le moindre élément perturbateur dans son environnement le déstabilise. Voire même l'angoisse. Pour que tout reste en ordre à l'intérieur de lui, il faut que tout soit bien rangé à l'extérieur de lui. Comprenez par là que le chat n'aime pas le changement. Et ce, dans tous les domaines. Il n'apprécie guère l'intrusion d'un inconnu dans son entourage, le remplacement de sa marque de croquettes ou de litière par une autre ou le déplacement de son couffin d'une pièce à une autre. Ses habitudes lui servant de repères, il stresse lorsqu'il les perd. Cependant, contrairement à l'humain, le chat sait de manière instinctive gérer son stress et s'en défaire : il s'isole pour décompresser. Un dessous de couette, une boîte en carton, un recoin de meuble, une promenade dans la nature, une séance de toilettage ou de « méditation »... Qu'importe l'outil qui lui servira de retraite. C'est dans ses moments de solitude choisie qu'il se reconnecte à lui-même et fait disparaître ses tensions. Des sas de décompression salutaires à toutes les âmes sensibles au stress.

I - LE CHAT CULTIVE LE CALME INTÉRIEUR

Jules Renard disait que l'idéal du calme est dans un chat assis. Il est vrai que par sa présence silencieuse, tout invite à la douceur des pensées. Les siennes comme celles de ceux qui l'entourent. C'est aussi de silence qu'il est question lorsque notre ami à moustaches cherche une cachette secrète capable de le mettre à l'abri des vacarmes environnants. Du silence, il en a besoin, et ce, de façon presque vitale. Et pour cause. C'est le silence – et lui seul – qui lui permet de dormir à loisir sans être dérangé ; le silence qui habille ses rêveries lorsque, assis, il ferme les yeux et semble méditer. C'est encore le silence qu'il s'en va chercher lorsqu'il est témoin d'une dispute ou qu'il entend les cris d'un orage. Le chat n'aime pas plus le bruit qu'il n'a coutume d'en faire. Et c'est sans doute en se réfugiant de temps à autre dans un monde de silence qu'il parvient à mieux entendre les appels de son cœur.

Suivez l'exemple de votre coach chat

Leçon de méditation féline

Ce n'est pas par hasard s'il y a tant de chats dans les temples bouddhistes et les retraites méditatives. À la manière de petits guides spirituels, nos félins préférés sont connus en effet pour favoriser le lâcher-prise des pensées, celui qui conduit vers le calme intérieur. Des études ont d'ailleurs montré que la visualisation mentale de chats qui somnolent désamorce nos tensions. Passer de la théorie à la pratique consiste à imiter le chat. Pour que l'esprit déconnecte, le corps doit commencer par être dans une position propice à la détente. Trouvez un endroit doux et silencieux et installez-vous le plus confortablement possible. Assis, allongé, en lotus… Qu'importe. L'essentiel est de faire en sorte qu'aucun de vos membres ne puisse s'engourdir. Ensuite, fermez les yeux et focalisez vos pensées sur une image qui vous est agréable. Une plage ensoleillée, un paysage de campagne, la vapeur parfumée d'un bain... Libre à vous de choisir celle qui sera à vos yeux la plus enchanteresse. Une fois l'image bien ancrée dans votre esprit, commencez à compter, de dix à un, chacune de vos inspirations-expirations. À chaque décompte, sentez l'air qui entre et sort de vos poumons. Répétez l'exercice au moins cinq fois, le temps d'avoir l'impression que l'univers entier se tait pour vous écouter respirer.

PETIT CONSEIL À MÉDITER DE MARC AURÈLE :

« Tu peux, à l'heure que tu veux, te retirer en toi-même. Nulle retraite n'est plus tranquille ni moins troublée pour l'homme que celle qu'il trouve en son âme. »

Pratiquez la promenade des pensées

Lorsque son lieu de vie lui en offre la possibilité, le chat ne se prive jamais d'une promenade en solitaire. À l'inverse des chiens qui ne peuvent se passer de leur maître pour parcourir leur campagne ou leur quartier citadin, les matous éprouvent un réel plaisir à se laisser guider par le hasard de leurs pas, sans autre compagnie que leurs pensées. De ces escapades en tête à tête avec eux-mêmes, ils rapportent parfois des proies mais rentrent chez eux gonflés surtout du plaisir d'avoir pu s'échapper de la routine.

Marcher, prendre le temps de s'arrêter sur le parfum d'une fleur, d'admirer l'envol d'un oiseau, de découvrir les beautés d'une montagne... En un mot, prendre le temps de vivre pleinement dans son corps le rythme de ses pensées. Voilà ce qu'avaient coutume de faire les grands penseurs comme Emmanuel Kant, Jean-Jacques Rousseau ou Friedrich Nietzsche. Aussi souvent qu'ils le pouvaient, ils mettaient la marche en solitaire au service de leur réflexion. Ce n'est pas tant que marcher rende intelligent, mais cela permet de penser en silence, d'avoir l'esprit disponible et les idées libres.

II - LE CHAT S'ISOLE POUR SE RETROUVER

Nous l'avons déjà dit : les chats, bien que résolument indépendants, aiment la compagnie. Celle des humains comme celle de leurs congénères. Ils adorent investir le lit de leur hôte, surtout lorsque ce dernier s'y trouve, et ils n'hésitent jamais à se lancer dans une partie de « chat perché » avec un camarade de jeux. Pourtant, lorsqu'il s'agit de faire la sieste, un brin de toilette ou de se promener, ils rentrent alors dans leur coquille et ne laissent plus rien ni personne y pénétrer. Ils ferment une porte virtuelle sur laquelle est inscrit : ne pas déranger. Le monde peut continuer à tourner autour d'eux, ils s'en moquent. Ils ont le don unique de s'aménager des moments de solitude même lorsque leur espace géographique est occupé. Ils agissent comme s'ils avaient compris qu'à force d'être constamment connectés aux autres ils perdaient la connexion avec eux-mêmes.

Offrez-vous des sas de décompression

À la manière des chats, apprécier certains moments de solitude commence par en comprendre les bienfaits. Il faut les considérer comme des parenthèses ressourçantes et cesser de les appréhender avec la peur du vide. En effet, qui ne s'est jamais retrouvé seul physiquement quelque part tout en se sentant relié au monde ? À l'inverse, qui ne s'est jamais senti très seul, même au milieu d'une foule ou en présence d'amis, ou en famille ? Pour les uns, la solitude se révèle angoissante, tandis que pour les autres, elle se montre reposante. Choisir d'être seul de temps à autre ne signifie pas subir l'isolement ou le rejet social. Cela permet seulement de se libérer du regard d'autrui pour retrouver la liberté d'être soi-même, sans autre témoin que sa propre conscience. Il n'est donc pas question de tout quitter pour partir vivre sur une île déserte, mais de prendre modèle sur les chats en s'accordant régulièrement des sas de décompression. Se reconnecter à soi-même réclame qu'il n'y ait pas d'interférence entre soi et le monde extérieur. Peu importe la manière dont vous vous y prendrez. Il faut que ce soit celle qui vous correspond le mieux. Au choix, vous pouvez couper votre portable ne serait-ce que trente minutes dans la journée ; aller au cinéma ;

vous glisser dans la volupté d'un bain chaud ; écouter votre album préféré allongé dans votre canapé avec un casque sur les oreilles... Voire aussi vous allonger confortablement quelque part et laisser votre chat ronronner sur vous ses mélodies relaxantes.

Protégez votre espace vital

Le chat est connu pour être un animal territorial. Comprenez par là qu'il délimite une surface habitable dont il s'autoproclame le seul et unique propriétaire. Pas question pour lui de laisser quelqu'un empiéter sur ses terres sacrées, qu'il a pris soin de décorer de la pancarte imaginaire « accès non autorisé ». Pour sa tranquillité de corps et d'esprit, il a besoin de cet espace vital... Comme nous du nôtre. En effet, comme tous les êtres vivants, l'humain a besoin d'un espace physique, émotionnel et mental dans lequel il est seul maître à bord. Des études neuroscientifiques ont d'ailleurs démontré que le champ libre minimum dont tout individu a besoin se situe entre vingt et quarante centimètres de son visage. Même si ce périmètre varie plus ou moins en fonction du degré d'anxiété de chacun, l'espace vital n'en demeure pas moins indispensable pour le confort de l'intime et pour ne pas se sentir étouffé lorsque l'autre se montre envahissant. Reste à faire comme nos amis à moustaches et à imposer à autrui les limites à ne pas dépasser. Comment faire ? Commencez par être la première personne à défendre votre territoire. Bien sûr, faute de place, il est souvent difficile d'avoir à la maison un endroit rien qu'à soi. Vous n'avez pas de pièce dans laquelle vous pouvez cultiver votre jardin secret ? Dans ce cas, laissez tomber l'idée d'avoir un lieu et misez sur les moments qui seront à vous et à vous seul. Sortez vous promener, allez au cinéma, offrez-vous un massage… Faites quelque chose que vous aimez et surtout faites-le seul !

PETIT CONSEIL À MÉDITER DE SARAH BAN BREATHNACH :

« La solitude est aussi nécessaire au développement et à l'épanouissement de notre âme que le sommeil et la nourriture le sont à la survie de notre corps. »

III - LE CHAT SAIT PRENDRE DU TEMPS POUR LUI

De son ronronnement calme et régulier à la grâce paisible de sa présence, le chat est une boule de bien-être dont il est bon de profiter pour soigner son corps et apaiser ses pensées.

Les amoureux des chats savent à quel point la compagnie féline console d'un quotidien souvent avare de sérénité. Il suffit en effet d'observer ce fascinant petit animal, aimant mais insoumis, fidèle mais indépendant, pour être conquis. Qu'il dorme tranquillement là où ça lui chante, s'installe à sa guise sur son propriétaire pour se livrer à un concert de ronrons ou s'étire de tout son être sous l'impact de caresses, le chat irradie par sa quiétude naturelle et fait profiter de son havre de paix tous ceux qui le côtoient. Il est vrai qu'à son contact, les tensions disparaissent et l'anxiété s'estompe pour laisser place au bien-être et à la détente. Oui, le chat délasse. Le chat apaise, et ce, quels que soient l'âge ou le sexe de son maître. Son secret ? La douceur de son tempérament, voire celle de son pelage qui augmente le plaisir du toucher. La chaleur de son corps, posé telle une bouillotte sur les genoux d'une âme esseulée ou d'humeur maussade. En résumé, le chat est une sorte d'animal médicament. Son calme déteint sur nous, et inversement. Il y a d'un côté le constat que l'on peut faire sur sa simple présence, capable de réconforter une personne ayant subi un traumatisme physique ou émotionnel, et de l'autre, des études scientifiques américaines, menées en 2008, démontrant que les propriétaires de chat présentent 30 % en moins de risques d'accident cardiaque. En effet, en diminuant le stress de son maître, le chat lui permet d'abaisser sa tension artérielle, ce qui impacte sur le bon fonctionnement du système cardio-vasculaire. Même si nous concédons que les matous n'ont pas le monopole animalier de la tendresse, il y a cependant une faculté dont les chats ont l'exclusivité : ronronner. Un bourdonnement qui fait toute la différence. D'où vient-il exactement ? Comment se déclenche-t-il ? À quoi sert-il ? L'explication a été annoncée dans les années 1980 : en constatant qu'à blessure égale un chat se remet trois fois plus vite qu'un chien, des scientifiques ont étudié l'impact physiologique des ondes émises lors du ronronnement. Verdict : comprises entre 25 et 50 hertz, elles accélèrent le processus de cicatrisation osseuse et musculaire, renforcent le système immunitaire et diminuent le stress en déclenchant dans le cerveau une production de sérotonine. Ce qui marche sur lui marche sur nous. Il suffit en effet d'entendre ou de toucher un chat qui ronronne pour bénéficier des vertus positives de ses précieuses ondes sonores.

Suivez l'exemple de votre coach chat

Reprenez vos droits sur le temps

Comme le disait Henri Lacordaire : « L'égoïsme aspire à la solitude pour échapper à la dépendance. » Être seul en effet permet de nous réapproprier – du moins partiellement – ce que les autres nous prennent en masse. À savoir, notre temps. Celui qui nous glisse entre les doigts parce que nous le distribuons sans compter. Celui qui fait que l'on s'oublie à force de penser aux autres. Voilà pourquoi prendre du temps pour soi est une façon de sentir positivement passer le temps. Pour ce faire ? Aucune recette miracle. Il n'existe pas de manuel sur la mise en pratique des parenthèses en solitaire. Cependant, pour profiter de son temps, la consigne est claire : il ne faut basculer dans aucun extrême. C'est-à-dire qu'il ne vous faut pas cumuler les activités loin des autres, dans le souci d'occuper chaque place libre de votre agenda. La fréquence des choses les rendant tristement banales, vous ne risquez que de basculer dans la monotonie, donc dans l'ennui de la solitude. En revanche, pour mettre à profit vos plages de liberté, il est bon de vous adonner à la seule activité qui vous tienne vraiment à cœur. Et surtout, de vous y tenir ! Les rendez-vous avec soi-même n'acceptent ni retards, ni annulations.

Apprenez l'art de la paresse

Nos amis les matous prennent un plaisir fou à ne rien faire de leurs dix griffes. D'une nature propice à la sieste, ils occupent leurs journées à dormir douze à seize heures. Et lorsqu'ils ne s'abandonnent pas aux pattes de Morphée, ils se livrent à d'éternels corps à corps avec leur coussin préféré ou jouent les statues de poils devant une fenêtre. Assurément, ces petits félins ont fait de la paresse un véritable art de vivre. Et à les regarder déguster chaque minute d'inactivité, on peut se demander ce qui nous pousse sans cesse dans la surenchère d'occupations. Pourquoi sommes-nous tant clients de l'urgence anxiogène alors qu'il est si simple de reposer son corps pour apaiser ses pensées ? Il n'y a aucun mal à se retrancher dans la solitude de l'inactivité, ne serait-ce qu'une dizaine de minutes par jour. Il suffit pour cela d'éteindre les téléphones, ordinateurs, tablettes, télévisions... Bref, tout ce qui peut vous connecter à autre chose qu'à vous-même. Ensuite, allongez-vous, fermez les yeux et soyez attentif à ce qui se passe en vous. Ce n'est pas plus compliqué que cela. Après cette pause de farniente absolu, vous repartirez d'un bon pied dans toutes vos activités.

PETIT CONSEIL À MÉDITER DE SÉNÈQUE :

« Nous ne manquons pas de temps. Nous en avons beaucoup dont nous ne savons pas tirer profit. »

Il est important d'aller de l'avant mais il est surtout intéressant d'avancer différemment.

Les pages de *La Méthode Chat* se noircissaient au rythme des jours qui s'égrenaient. Cela faisait trois mois que mes mots avaient entamé leur marathon. Il ne leur restait maintenant plus beaucoup de temps pour achever leur course folle contre la montre. Tantôt à bout de souffle, tantôt pris d'un regain d'énergie, ils parvenaient cependant à effectuer leurs tours de stade sans trop défaillir d'épuisement. Du moins, selon ce qu'en disait Muriel. Compte tenu des délais de la mise en pages et de l'impression raccourcis à cause des vacances aoûtiennes, nous étions convenues que je lui enverrais les textes au fur et à mesure de leur avancement. Elle gagnait ainsi du temps sur la préparation de la copie et moi un *feedback* rassurant sur le contenu de ladite copie. Les acteurs disent qu'ils ont le trac chaque fois qu'ils montent sur scène. J'étais pétrie des mêmes frayeurs chaque fois que j'écrivais. *La Méthode Chat* était mon douzième livre mais je l'avais abordé comme s'il était le premier, terrorisée à l'idée de ne pas être à la hauteur de ce que l'on attendait de moi. C'est pourquoi les retours que m'en faisait régulièrement Muriel prenaient tous leur importance. Ils me permettaient de mieux gérer le cataclysme que cette aventure féline avait déclenché en moi. Une sorte de big bang qui avait permis à la lumière de jaillir des ténèbres. Les leçons de sagesse que me transmettaient Sacha, Ziggy et Mozart avaient en effet pris des allures de remise à niveau dans ma propre existence. Plus j'observais mes chats, plus je me décortiquais. Plus je disséquais leurs comportements, plus je voyais clairement par comparaison ce qui n'allait pas dans les miens. C'était comme si je me promenais dans leur vie à la découverte de la mienne. Un cheminement intérieur d'ailleurs parfois tellement irrationnel qu'il en devenait déconcertant. Impossible d'avouer à qui que ce soit que j'avais guéri de Jean-Marc grâce à mes chats. Impossible de divulguer les secrets de ma reconstruction.

Seuls mes chats pouvaient entendre que je devais ma résilience à leur espèce. Alors, quitte à être prise pour une psychotique sénile par mes proches, je préférais me cloîtrer dans mon appartement. Je n'avais rien trouvé de mieux à faire que tourner le dos à l'univers et me consacrer à l'écriture.

Les enfants étaient restés mon seul point de contact avec le monde extérieur. J'avais continué à assurer leur logistique mais je n'avais pas écouté une seule fois les informations. Je ne voulais rien savoir des malheurs de la planète, de la flambée des prix ni de la météo. Tant que *La Méthode Chat* n'était pas terminée, je devais à tout prix préserver ma carapace émotionnelle de la moindre pichenette. Voir le moins de monde possible. Manger et dormir sainement. Écourter au maximum les conversations téléphoniques. Ne rien laisser pénétrer dans ma bulle qui puisse perturber mon travail… Je me rendis compte que les règles de vie que je m'imposais pour écrire étaient exactement celles que j'avais reproché à Léo d'avoir. Je m'en voulus terriblement de l'avoir blâmé pour s'être ainsi préservé.

Qui sait ce qu'il serait advenu de nous si j'avais fait preuve à l'époque de plus d'indulgence et de moins d'impatience ? Si je l'avais regardé avec les yeux que j'ai aujourd'hui, peut-être serions-nous encore ensemble ? C'est vrai. Tout aurait été différent si j'avais fait d'autres choix, si je lui avais emboîté le pas pour avancer sur mon chemin de vie. À l'évidence, je ne me serais pas engouffrée dans un mariage sans saveur et mes enfants auraient été de lui. Cela dit, en ayant les gènes de Léo, ma fille n'aurait peut-être pas eu envie d'avoir un chat. Mozart ne m'aurait donc jamais ouvert ses portes et je n'aurais jamais eu l'idée de consacrer un livre à la magie de son espèce. Je ne me serais pas non plus débattue pour me libérer des chaînes de mon mariage et je ne serais pas allée un soir à un dîner où se trouvait Jean-Marc. Ou peut-être, si, mais en compagnie de Léo. Je n'aurais donc pas levé les yeux sur un autre homme que lui et je ne me serais pas disloquée ensuite dans une histoire à sens unique. Je ne serais pas partie en Inde pour me « changer les idées » et je n'aurais pas croisé la route de Blouse Blanche. Il ne m'aurait pas amenée à réfléchir à ce point sur le sens de la vie et je n'aurais pas abordé *La Méthode Chat* de la même manière. Je n'aurais donc pas été celle que je suis devenue. À savoir, une femme que j'appréciais finalement bien plus que la précédente.

Quiconque vous rencontrez est la bonne personne. Chacune d'elles tient un rôle dans votre cheminement.

Juin batifolait depuis plusieurs jours avec les températures. Le printemps citadin tirait sa révérence et le faisait agréablement savoir. Muriel souhaitait que je passe la voir afin que nous fassions un point sur mes textes et que je valide le projet de couverture. La perspective de passer par le purgatoire de la ligne 14 pour traverser Paris ne m'angoissa pas plus que ça. La ville s'était décrispée sous les rayons du soleil et je voulais en profiter pour m'imprégner de sa clémence. Quitte à sacrifier une heure supplémentaire de travail pour faire à pied l'équivalent de quelques stations de métro.

À travers la vitre du bureau de Muriel, je regardais la Seine étinceler en écoutant d'une oreille mon éditrice parler des chiffres prévus pour la mise en place de

La Méthode Chat. « Très bon accueil chez les commerciaux. » « On prévoit pour commencer un tirage à douze mille exemplaires. » « Tu penses que tu auras fini la semaine prochaine ? » « Le service promo va peut-être organiser le lancement de ton livre dans un bar à chats. C'est une bonne idée, non ? » « Pour la couverture, on va peut-être réduire la typo du titre et agrandir un peu le dessin du chat. Tu en penses quoi ? » « Houhou Juliette, tu es là ?... Tu en penses quoi ? » Les phrases de Muriel me butinaient les oreilles sans vraiment y pénétrer pour parvenir jusqu'à mon cerveau. J'étais ailleurs. Perdue quelque part entre l'Inde et les Bateaux-Mouches, à mi-chemin entre le pantalon vu un peu plus tôt au hasard d'une vitrine et les bras de Léo. Évaporée entre le visage de Jean-Marc et l'écran de mon ordinateur. Nous étions en juin, à quelques jours de l'anniversaire de Jean-Marc et de la date à laquelle j'avais rencontré Léo. À quelques jours de l'échéance pour la remise du manuscrit. À des années-lumière de mon ancienne vie. Tout avait changé dans cette maison d'édition... À commencer par moi.

Muriel me proposa d'aller me chercher un café. Ce que j'acceptai. Je pris le premier livre que je vis sur son bureau et commençai à le feuilleter en attendant qu'elle revienne. Ce qu'elle fit quelques minutes plus tard. Mon café dans une main et son téléphone dans l'autre. « J'ai croisé Victoire dans le couloir. Elle arrive. Elle m'a dit que ça tombait bien que tu sois là parce qu'elle voulait te parler. Il paraît que tu as refusé une signature dans une librairie du 6e... »

Comme annoncé, Victoire ne tarda pas à nous rejoindre dans le bureau de Muriel. Impeccablement souriante, fraîche et juvénile à souhait, la jolie liane brune en charge des relations libraires me fit comprendre son embarras. Sur mes conseils, Katia l'avait contactée et elle avait beaucoup insisté pour trouver une date qui me conviendrait. « C'est une librairie assez importante, me dit Victoire. J'entends bien que vous soyez à la demi-journée près pour finir votre manuscrit, mais ce serait vraiment dommage de passer à côté de cette séance de dédicace. Surtout si vous avez une nouvelle actualité en octobre... » Je m'entendis céder à sa requête, et elle, programmer ma présence à la librairie Les Mots pour le dire, pour le premier week-end de juillet. Je n'eus dès lors qu'une hâte : rentrer me mettre à l'abri dans ma coquille existentielle. Là où personne n'accède, ne prend mon temps ni ne me fait changer d'avis.

Chapitre 4

Savoir s'entourer

« Un chat ne veut pas que tout le monde l'aime. Seulement ceux qu'il a choisi d'aimer. »

Anonyme

L'adage ne saurait mentir lorsqu'il affirme que l'on ne choisit pas un chat, mais que c'est lui qui nous choisit. Comme s'il naissait doté d'un détecteur d'ondes positives et négatives, notre coach félin sait en effet choisir ceux qui seront dignes de sa présence et de son affection. Pas question pour lui de s'encombrer de compagnies inutiles ou malfaisantes ! Pas question de s'inscrire dans une relation qui ne soit pas harmonieuse. Parce qu'il aime avant tout sa tranquillité d'esprit, l'ami chat fait le tri dans ses fréquentations et élimine sans ménagement celles qu'il juge toxiques à son bien-être. Il faut dire que le petit félin est une vraie éponge à énergies. Il n'a pas son pareil pour sentir – ressentir – celles qui l'entourent. À commencer par celles qui se dégagent des états d'âme de ses amis humains. Tristesse, joie, sérénité, colère... Le chat perçoit tout ce que les autres dégagent de bon ou de moins bon. Voilà pourquoi il n'hésite pas à réconforter un être qui lui est cher comme à fuir ceux qui lui hérissent le poil par leur comportement. Derrière cette précieuse aptitude, se cache bien sûr son flair légendaire. Son flair à proprement parler. Le chat est en effet pourvu d'un appareil olfactif hors normes qui lui permet de capter les phéromones. Différentes selon les émotions ou les états de santé, ces molécules odorantes sont produites par tous les organismes vivants bien qu'elles soient imperceptibles par la plupart d'entre eux. Le chat, lui, les sent. Il les interprète et adapte son attitude en fonction. Mais ce n'est pas tout. À le connaître, il semblerait qu'il soit aussi doté d'un sixième sens, capable de l'orienter toujours dans la bonne direction relationnelle. Et si nous faisions comme eux ? Si nous apprenions, nous aussi, à nous servir de nos antennes pour nous entourer des bonnes personnes et prendre nos distances avec les moins bonnes ?...

I - LE CHAT NE CÔTOIE PAS CEUX QUI L'AGACENT

Au nom de son hygiène mentale, notre ami chat se montre sélectif dans ses fréquentations. À la vie en bande, il préfère toujours la solitude. Au sein d'une famille, il distingue toujours ses « chouchous » de ceux qui le sont moins. Avec ses favoris, il se montre doux et bienveillant. Il cherche le contact, les échanges et instaure une réelle complicité. Avec les autres, son indifférence fera loi. Sans agressivité aucune, il se débrouillera cependant pour se retrouver le moins possible en présence du – ou des – indésirable(s). Par exemple, pour peu que le clan qui l'accueille compte son lot de bambins taquins ou d'adultes trop quémandeurs de câlins, le chat prendra systématiquement ses distances. Il quittera tranquillement la pièce où se trouvent ceux qui lui déplaisent, au lieu de supporter leurs sollicitations barbantes sans bouger.

Suivez l'exemple de votre coach chat

Privilégiez la qualité à la quantité

Le besoin de se sentir utile et apprécié à tout prix pousse souvent à multiplier à l'infini ses fréquentations sans objectivité. Cela revient à charger son armoire de vêtements inadaptés à sa morphologie. Entre ceux qui sont devenus au fil du temps trop larges ou trop serrés, ceux qui sont du dernier cri mais ne mettent pas la silhouette en valeur, et ceux qu'une vendeuse a incité à acheter sans aucun enthousiasme, on finit par ne plus savoir comment s'habiller pour se sentir séduisant et à l'aise. Pour sa garde-robe comme pour son répertoire, il est important de faire régulièrement un tri, quitte à ne garder que la petite quantité qui satisfait pleinement. Savoir se montrer sélectif à l'égard des personnes qui nous entourent, c'est éliminer de sa vie les relations préjudiciables. C'est cesser de se charger des ondes négatives de ceux qui passent leur temps à se plaindre. C'est ne pas s'entêter à garder le contact avec ceux qui vous lâchent au premier coup dur. C'est prendre ses distances avec ceux qui sautent sur toutes les occasions pour vous dévaloriser.

PETIT CONSEIL AVISÉ D'EDMUND LEE :

« Entoure-toi de rêveurs, de créateurs, de mystiques et de penseurs. Mais plus que tout, entoure-toi de ceux qui voient la grandeur qui t'habite même si tu ne la vois pas toi-même. »

Épargnez-vous des relations inutiles

Et par là même, gagnez du temps ! Un temps précieux que vous pourrez savourer en compagnie de ceux qui vous sont vraiment chers. Ceux dont les valeurs humaines font écho aux vôtres. Ceux qui ne partagent pas forcément vos centres d'intérêt, vos loisirs ou vos idées politiques mais avec qui vous avez la garantie de ne pas vous ennuyer, de ne pas être déçu ou heurté. On le sait, la vie défile vite et chaque moment est précieux. D'ailleurs, si nos amis félins étaient dotés de la parole, ils nous interrogeraient sans doute sur les bénéfices que l'on tire à dilapider son temps avec des fréquentations pauvres intellectuellement ou affectivement. Ils nous demanderaient ce que l'on espère gagner concrètement dans des relations superficielles ou délétères. Et nous de leur répondre que les raisons nous en échappent bien souvent. En passant du temps avec des personnes qui n'ont pas la même définition que nous de l'amour et de l'amitié, pêche-t-on par excès de gentillesse ou par peur de la solitude ? Bien sûr, à chacun son explication et il faut s'attendre à ce qu'elle ne soit pas la même pour tout le monde. En effet, nous avons tous des caractères et des passés différents. C'est dans les aspérités de l'identité que les névroses s'installent et poussent à agir d'une façon ou d'une autre. Pourtant, si les raisons divergent, la règle de conduite à en tirer est la même pour tout le monde. Il faut partir du principe que la vie est assurément plus facile lorsque l'on élimine de son cercle intime les personnes qui la polluent et la rendent difficile.

C'EST KARL MARX QUI L'A DIT :

« Entoure-toi des personnes qui te rendent heureux. Des personnes qui te font rire, qui t'aident quand tu en as besoin. Des personnes qui s'inquiètent vraiment pour toi. Celles qui en valent la peine dans ta vie. Toutes les autres ne sont que de passage. »

II - LE CHAT N'ACCORDE PAS D'EMBLÉE SA CONFIANCE

Dix mille ans de cohabitation avec l'humain n'ont pas déprogrammé la nature première de nos petits félins préférés. À savoir farouche et sauvage. Leur espèce initialement taillée pour être prédatrice et non proie, les chats ont gardé, de leur ADN de chasseur, l'esprit de la méfiance et le réflexe des aguets. Sachant que toute erreur d'appréciation pouvait leur être fatale, ils ont accepté d'évoluer avec l'Homme mais n'ont pas renoncé à leur tempérament d'origine. Voilà sans doute pourquoi, encore aujourd'hui, il faut leur montrer patte blanche avant de gagner leur confiance. Autrement dit, les chats prennent toujours le temps de la réflexion avant de s'abandonner sans crainte de la trahison. Ils ne se jettent pas à cœur perdu dans les bras du premier venu sous prétexte que ce dernier leur montre un peu d'intérêt. Et c'est seulement lorsqu'ils savent précisément à qui ils ont affaire qu'ils accordent pour toujours leur tendresse et leur fidélité.

Suivez
l'exemple
de votre
coach chat

Prenez le temps de connaître l'autre

Au gré d'une promenade citadine, vos pas vous ont amenée devant la vitrine d'un magasin de chaussures. Avant cela, l'humeur n'était pas au shopping et vous n'aviez pas en tête de trouver la paire idéale pour l'assortir à un de vos pantalons. Vous n'aviez pas prévu le coup de foudre ressenti pour les magnifiques talons compensés qui vous font à présent de l'œil en devanture de la boutique. Là, vous êtes prise d'une irrépressible envie de les acheter. Vous vous voyez déjà nichée sur ces chaussures, l'allure fière et la démarche élégante.

Le compte en banque est en berne ? Vous avez déjà quasiment la même paire ? Tant pis. Plus rien ne pourra vous faire changer d'avis. À ce moment-là, deux options s'offrent à vous. La première : vous entrez dans le magasin et, de façon impulsive, vous les achetez sans même les essayer. La seconde, plus prudente : vous faites un tour d'horizon du magasin afin de vous assurer que vous ne voyez pas mieux, puis vous demandez à les essayer et vous faites quelques pas dans la boutique. Vous voulez vous assurer que leur découpe va de pair avec leur confort. Ce n'est qu'une fois certaine du bien-fondé de votre investissement que vous donnerez votre argent et repartirez, pleinement satisfaite d'avoir trouvé chaussure à votre pied.

Bien qu'un peu alambiqué, ce petit détour par la case « matérielle » permet d'arriver à l'un des points essentiels du registre relationnel : la précipitation. Elle s'applique à la paire de chaussures comme à certaines rencontres. Dans le cas des chaussures, on risque au pire d'avoir quelques ampoules. Mais dans le cas d'une personne à qui l'on donne tout et tout de suite, les blessures que l'on récolte sont assurément bien plus douloureuses. En d'autres termes, il est toujours plus prudent de savoir à qui l'on a affaire avant de s'attacher aveuglément à quelqu'un. Amitié ou amour, qu'importe. Ne donnez pas d'emblée ce que vous avez de plus fort en vous. Premièrement, vous priverez l'autre du plaisir de la conquête et donc de l'envie d'approfondir la relation. Deuxièmement, vous risquez une souffrance due à vos attentes inassouvies. Ce qui laisse toujours un petit goût amer dans les souvenirs.

Décryptez les signes qui ne trompent pas

Pas facile de rester sur ses gardes quand la passion s'en mêle ! Pourtant, même s'il n'y a pas pire aveugle que celui qui ne veut pas voir, mieux vaut parfois garder ses antennes en alerte et être attentif aux messages quasi subliminaux que l'autre envoie malgré lui. Pour mieux comprendre, prenons ici l'exemple du chat dit « caressé-mordeur ». Lorsqu'il vient se lover sur les genoux de son colocataire, c'est qu'il a envie de contact et de chaleur humaine. Ravi de la visite féline, ledit colocataire en déduit – et peut-être à tort – que son matou chéri lui réclame des caresses. Ce à quoi il répond aussitôt. Bien sûr, Minou n'est pas contre. Il apprécie et peut même se mettre à ronronner… un temps seulement. Dès qu'il en a assez, le chat ne se prive pas de le faire savoir. Au début et de façon diplomatique, il se contente d'envoyer des signes de son agacement. Il couche ses oreilles, balance sa queue, se tait, recule, lèche vigoureusement la main… Bref, il multiplie les signaux d'alerte auxquels le caresseur ne comprend rien. Bienveillant mais mal informé sur le comportement félin, il continue de tripoter son chat. Il reste convaincu de lui faire plaisir, jusqu'à ce que Minou le morde et se carapate. Pour l'humain, son matou n'est qu'un lunatique capricieux. Pour le matou, l'humain n'est qu'une chose vivante qu'il vaut mieux éviter d'approcher au risque de se faire embêter.

III - LE CHAT EST À L'ÉCOUTE DE SON SIXIÈME SENS

L'ouïe, la vue, l'odorat, le goût et le toucher. Les cinq sens permettent de percevoir le monde de façon immédiate. Couleurs, odeurs, saveurs, sons, textures… Rien n'échappe aux antennes qui captent le présent. Les sens sont là pour transmettre des informations au cerveau et permettre d'agir en conséquence. Bien sûr, les chats n'échappent pas à cette règle. Ils ont les mêmes capacités sensorielles que les humains, mais pas seulement. Ils possèdent en effet ce que nous appelons un « sixième sens ». Une sorte d'antenne supplémentaire qui leur donne accès à l'impalpable. Au positif comme au négatif ; à ce qui peut ou va se produire par rapport à ce qui est. Certains attribuent leur don d'anticipation à des prouesses paranormales. D'autres aux esprits plus cartésiens tentent toujours de trouver des explications. Quoi qu'il en soit, force est de constater que les chats sont dotés de troublantes capacités. Ils arrivent à se connecter à quelqu'un par la pensée. Ils sont capables de parcourir des centaines de kilomètres pour retrouver leur domicile perdu. Ils sont à même de sentir les maladies avant qu'elles ne se déclarent ou de veiller sur une personne en fin de vie, le jour de son décès.

Qui du rationnel ou de l'irrationnel détient la vérité ? Qu'importe. Le mystère reste entier mais la réalité est là. Les chats possèdent en eux une petite voix intérieure qui leur chuchote les chemins à prendre et les actes à accomplir. Ils l'écoutent et ils ont raison car elle ne les trahit jamais. Ils font confiance à cette voix de sagesse que nous, humains, appelons intuition.

Suivez l'exemple de votre coach chat

Décryptez les messages de votre intuition

Avoir le nez creux, fonctionner à l'instinct, posséder un don d'anticipation... Certaines personnes semblent être nées avec une boussole intérieure qui échappe aux lois du rationnel. Leur intuition est tellement développée qu'elle est souvent interprétée comme de la médiumnité. On la pense réservée à une poignée de privilégiés. Et pourtant, nous l'avons tous en nous sans le savoir. Tout le monde possède en soi ce potentiel intuitif. La preuve ? Nous avons tous connu au moins une fois cette sensation de malaise en présence d'un inconnu, ou un genre d'angoisse indéfinissable qui serre le ventre dans un nouveau lieu. À l'inverse, nous connaissons aussi cette émotion délicieusement impalpable qui nous envahit lorsque nous découvrons un endroit ou une personne étrangement familière. Ce sont ces ressentis qui traduisent notre intuition. Elle nous envoie des messages physiques et c'est à eux que nous devons prêter attention, qu'ils soient agréables ou dérangeants. Notre corps exprime une conviction immédiate, aussi évidente qu'irrationnelle. Pour peu que notre « bon sens » prenne le dessus, il fait taire la petite voix intérieure. Pourtant, la communication entre le corps et l'esprit est fiable. Il faut lui faire confiance.

LE PETIT CONSEIL AVISÉ DE BERNARD PIVOT :

« Si le chat prend possession de la feuille alors que son maître est occupé à la couvrir de mots, il faut obtempérer. C'est le signe que ce n'était pas fameux et que ce qui allait venir serait pire. »

Faites confiance à votre sixième sens

Décrypter les messages de notre intuition est une chose. Accepter, comme le font nos coachs félins, de se laisser guider par elle en est une autre. Pour lui faire confiance, il faut commencer par comprendre comment fonctionne notre « intelligence intuitive », celle que les spécialistes nomment « l'inconscient d'adaptation ». Les neurosciences d'expliquer que notre cerveau a deux modes de perception. Le premier est rationnel et gère nos apprentissages. Le second relève de l'émotionnel, du relationnel et de l'adaptatif. C'est lui qui nous rend capables de sortir des logiques conscientes. L'intuition appartient à la deuxième catégorie. Elle confère la capacité d'imaginer des réponses et des solutions en dehors des évidences dictées par le bon sens et l'expérience. En d'autres termes, elle résulte d'informations sensorielles captées par notre cerveau sans parvenir forcément à notre conscience. Partant du principe que nous avons tous en nous la capacité d'être intuitifs, reste à l'utiliser dans notre quotidien pour œuvrer en notre faveur. C'est-à-dire apprendre à intégrer l'ensemble des données de notre environnement et de notre présent, pour améliorer notre devenir, et découvrir les codes d'accès personnalisés de notre bien-être sensoriel. Ainsi branchés sur nos sens, réceptifs à nos émotions et à notre « petite musique intérieure », nous pouvons ressentir ce qui est vraiment bon ou mauvais pour nous.

Teinter l'espoir de patience ouvre toutes les portes du possible.

Des petits filets de lumière perçaient les volets pour venir s'écraser sur sa peau à moitié découverte. Ils m'offraient le spectacle d'un dos large et taillé dans du marbre. Un dos qui se soulevait en cachette des poumons, comme si, à chaque respiration, son échine arrivait à se détacher du reste du corps pour ne déranger ni les jambes ni les bras dans leur sommeil. Entre lueurs et pénombre, je regardai la partie de son visage qui dépassait de l'oreiller et j'eus envie d'y déposer un baiser reconnaissant. Je m'abstins de le faire pour ne pas le réveiller. Je ne voulais pas me sentir obligée de lui parler avant de m'en aller.

L'avant-veille, j'étais passée en fin d'après-midi chez mon ex-mari lui déposer un dossier à compléter pour le collège des enfants. Alexandre était là, un verre de whisky dans une main et une cigarette dans l'autre. Il était là avec son pantalon en lin bleu marine, sa peau mate sous sa chemise blanche et son mètre quatre-vingt-dix de sensualité. Je l'avais déjà vu mais sans le regarder. Je l'avais croisé presque chaque fois que je m'étais rendue au bureau de mon époux pour déjeuner avec lui. J'ignorais que tous les deux se fréquentaient maintenant au point de se voir en dehors des heures de travail. Ce jour-là, parce que je n'avais pas pu résister au plaisir des yeux, j'étais restée prendre un verre avec eux. Le lendemain, Alex m'avait contactée sur Facebook en me proposant de dîner avec lui. Et à présent, je contemplais ses muscles se mouvoir dans les balbutiements du jour.

Je sortis du lit le plus discrètement possible et pris soin de ramasser mes affaires éparpillées sur le sol sans faire de bruit.

— Tu t'en vas ?

— Oui, rendors-toi. Il faut que je rentre.

— Attends, tu ne veux pas au moins prendre un café ? Une douche ? Une fessée pour avoir essayé de partir sans m'embrasser ?

La formulation de la requête la rendit irrésistible. Du moins pour la partie qui concernait le baiser. J'y répondis sans attendre, tout en étant déjà dans ma tête en train de dévaler l'escalier qui séparait son palier du hall d'entrée de son immeuble.

— Madame, j'ai été absolument enchanté de passer cette soirée en votre compagnie. N'hésitez pas à m'appeler si toutefois vous souhaitez que nous réitérions. Et de vous à moi, je souhaite sincèrement que vous le fassiez.

Je lui rappelai l'urgence avec laquelle je devais terminer mon livre. Je ne voulais rien promettre tant que je n'étais pas libérée de cet engagement. Une semaine. Il me restait tout juste une semaine pour atteindre l'objectif. Me priver d'une nuit complète de sommeil n'avait été que pure inconscience. Je me connaissais assez pour savoir que la fatigue brouillait tout dans ma tête et portait préjudice à mes mots. J'avais été stupide de répondre de la sorte à l'appel du désir, en sachant de surcroît au fond de moi que j'en resterais là. Certes, Alex était un homme en tout point délicieux. Il avait l'esprit agile et une fort belle allure. Ses phrases étaient chargées d'humour et ses intentions ne manquaient pas de délicatesse. Ses enfants avaient approximativement l'âge des miens et son célibat ne m'exposait pas aux affres de la clandestinité. Tout était réuni pour me plaire. Il avait tout pour m'embarquer dans un nouveau tourbillon. Et pourtant. Il me manquait l'essentiel. Il manquait le nœud qui se serre dans le ventre en présence de l'autre. Il manquait l'indéfinissable qui jaillit d'emblée pour faire toute la différence. Après un mariage sans amour et une passion sans retour, je préférais à présent rester seule plutôt que faire le deuil de ce que je voulais vraiment. Si tant est qu'il existe, Dieu seul savait ce qu'Il me réservait. Je restais néanmoins convaincue que je demeurais libre de disposer de ce que l'invisible me proposait.

À peine ouvris-je la porte d'entrée de mon appartement qu'un comité d'accueil félin m'acclama avec un concert de miaulements. J'avais déserté les lieux toute une nuit et ni mon fils ni ma fille n'avaient pensé la veille à donner à manger aux chats. Leurs petits cris de remontrance m'informèrent que leur patience avait atteint ses limites. Certes, ils se moquaient pas mal que je les abandonne pour disposer de mon temps ailleurs qu'à la maison, mais pas au sacrifice de leur estomac. C'est donc mon sac à main encore à l'épaule que je leur servis leur petit-déjeuner avant même d'avaler un café, d'aller prendre une douche et d'allumer l'ordinateur. Mes chats venaient de me donner une leçon de patience. Ziggy, Sacha et Mozart avaient attendu mon retour sans aller semer la pagaille dans la chambre des enfants pour quémander bruyamment leur pitance. Ils savaient que tôt ou tard, je reviendrais subvenir à leurs besoins. Et en attendant que ce moment-là arrive, mes trois petits maîtres à penser n'avaient pas jugé utile de s'en prendre à mes affaires ni à mes enfants pour me signifier leur mécontentement. Par là, ils me montraient comment apprendre à ne plus confondre la patience et la résignation. Ils m'enseignaient que la colère est une dépense d'énergie inutile lorsque l'on sait que tout vient à point pour qui sait attendre.

Chapitre 5

L'art de la patience

> *« Au plus profond de nous, nous sommes tous motivés par les mêmes urgences. Les chats ont le courage de vivre sans s'en préoccuper. »*
>
> Jim Davis

Tout vient à point à qui sait attendre ; il y a un temps pour tout ; chaque chose en son temps ; il faut laisser du temps au temps ; ne pas mettre la charrue avant les bœufs... Il semblerait que les chats aient mieux compris que nous le sens de nos proverbes ! En effet, nos petits maîtres de sagesse ont fait de la patience un véritable art de vivre, un gage de sérénité, un ticket gagnant pour toutes les entreprises, tous les buts à atteindre.

Pour s'en rendre compte, il suffit de les regarder attendre sans jamais perdre leur calme. Surtout lorsqu'ils chassent ! Ils commencent par tâter le terrain, c'est-à-dire par quadriller une zone qu'ils savent propice à leur dessein, puis ils s'installent confortablement quelque part et commencent leur guet. Au lieu de gaspiller leur énergie inutilement, ils préfèrent attendre sagement qu'un oiseau ou une souris s'aventurent dans leur coin. Et ils peuvent attendre des heures durant si nécessaire mais ils s'en moquent. Ils savent que tôt ou tard, leur futur festin se présentera. Et lorsque cela arrive, il ne leur reste plus qu'à se fendre d'un bond pour attraper la proie. En témoignent nos coachs à moustaches, la patience est toujours récompensée.

I - LE CHAT PREND TOUJOURS SON TEMPS

À part le « quart d'heure de folie » que les chats d'appartement s'autorisent chaque jour pour se défouler, rares sont les fois où nos coachs félins entreprennent quelque chose sans avoir mûrement évalué la situation. Qu'il s'agisse de sauter pour se promener en équilibre sur la rambarde d'un balcon, de chasser en pleine campagne, d'investir une nouvelle habitation ou de s'approcher d'un humain, ils ont la sagesse de prendre le temps de tout observer dans les moindres détails. Le repérage minutieux auquel ils se livrent en amont de toute action passe souvent pour de la curiosité maladive. Il est vrai que les chats ont une propension certaine à se mêler de tout ! Mais au-delà de leur appétence pour les joies de l'exploration et de la découverte, il faut leur voir un talent certain pour la prudence.

Avoir la patience de tout observer, tantôt immobiles et en silence, tantôt truffe en avant et humeur vagabonde, leur permet de limiter les erreurs d'appréciation.

Évitez les erreurs d'appréciation

Debout derrière une fenêtre ou tapi dans un buisson, un chat est le roi de la patience. Bien sûr, le regarder s'immobiliser sans but apparent porte à croire qu'il ne sait comment occuper ses quatre pattes entre deux événements. Tout laisse à penser en effet que son temps s'est suspendu au crochet de l'inutile et que son esprit s'est mis en pause en attendant que quelque chose se produise. Il n'en est rien : le chat ne bouge pas mais il observe. Toutes ses pensées sont mobilisées pour évaluer le contexte dans lequel il se trouve. Attentif aux moindres détails qui l'entourent, il sait par exemple que si une souris entre se cacher par ici, elle finira tôt ou tard par sortir par là. Pour lui, faire preuve de patience n'est pas synonyme d'immobilisme passif. Attendre le bon moment, c'est prendre le temps d'étudier toutes les possibilités pour réduire les risques d'erreur d'action ou de jugement.

Nous avons tout à gagner à prendre exemple sur nos coachs félins. La patience permet en effet de vivre sereinement les moments d'attente. Elle nous fait gagner en persévérance et nous amène à faire preuve de constance lorsqu'il s'agit de mener à bien un projet. Mais ce n'est pas tout. Être patient induit la tolérance. Ne serait-ce qu'à l'égard de ce qui ne dépend pas de nous.

Occupez sereinement vos temps d'attente

Une cliente qui vous précède à la caisse et qui déballe sa vie à défaut de vider son Caddie. Un ami qui arrive très en retard sans avoir pris le soin de vous prévenir. Un conjoint qui s'éternise dans la salle de bains alors que vous êtes déjà en retard… Au quotidien, l'impatience saute sur toutes les occasions pour nous faire perdre notre sang-froid. Il est clair que les actions des uns impactent toujours l'élan des autres. Mais est-ce une raison suffisante pour exiger de tout le monde le même rythme ? Cela justifie-t-il les bouffées de colère qui surgissent au moindre retard subi ? Pas vraiment. Surtout lorsque l'on prend conscience qu'à l'échelle d'une vie, cinq minutes de plus ou de moins ne changent rien de fondamental. Alors à défaut de bouillir de rage dans une situation qui, de toute façon, nous échappe, mieux vaut s'inspirer des chats et apprendre à occuper de façon agréable les temps d'attente. De quelle façon ? En ramenant votre attention sur ce qui existe autour de vous. Par exemple, la queue qui s'éternise aux caisses du supermarché peut être l'occasion de discuter avec une personne qui, comme vous, se voit contrainte d'attendre. Idem lorsqu'un ami manque de ponctualité. Au lieu de vous ronger les sangs – et de vous remplir par là même de ressentis négatifs –, profitez de ce moment pour admirer l'architecture de l'immeuble qui vous fait face. Dans un cas comme dans l'autre, la patience permet toujours de découvrir des trésors là où l'on ne soupçonnait pas qu'ils existent.

II - LE CHAT FIXE SES BUTS SANS URGENCE DE LES ATTEINDRE

À leur décharge, les chats n'ont aucune notion du temps qui passe. Même s'ils gardent beaucoup d'informations utiles en mémoire, ils n'ont pas plus conscience des heures révolues que de celles à venir. Partant de là, ils ne connaissent ni le remords ni l'appréhension. Ils n'ont pas l'angoisse des lendemains et ne restent pas bloqués sur leur passé. Ils ne peuvent par conséquent décider arbitrairement du temps qu'ils estiment nécessaire à l'accomplissement d'une tâche. Voilà pourquoi traquer une souris en vue de l'attraper, obtenir des caresses ou de la nourriture de leur ami humain, trouver un endroit pour se reposer… Quel que soit l'objectif à atteindre, l'urgence n'est pas de mise. Cela leur prendra le temps qu'il faudra du moment qu'ils obtiennent ce qu'ils veulent.

Apprenez à calmer vos impatiences

L'impatience est une intolérance chronique face à la frustration. Elle naît du désir exacerbé d'obtenir ce que l'on souhaite sans être soumis à l'attente. Plus ou moins excessive selon les personnes, elle peut facilement faire perdre toute objectivité dans certaines situations. Vouloir tout, tout de suite cache souvent une pulsion de maîtrise, un besoin d'avoir une emprise sur les choses, le temps, l'environnement. Seulement voilà : cette façon de vouloir prendre le pouvoir sur l'autre permet souvent de camoufler un manque profond d'estime de soi. Venir à bout de cette impatience implique de commencer par apprendre à maîtriser la tornade émotionnelle qui surgit en même temps que la frustration. Celle qui fait perdre ses moyens et pousse à agir sans réfléchir. Pour ce faire, inutile de basculer dans l'excès inverse en devenant insouciant ou fataliste. Il faut commencer par prendre conscience de la force qu'exerce l'impatience sur le corps. Elle se fait sentir parfois jusque dans le ventre et noue l'estomac. Chaque fois que cette sensation oppressante se manifeste, il faut donc faire en sorte de dénouer son angoisse en se concentrant sur sa respiration. Les inspirations doivent s'amplifier et les expirations se ralentir. Ainsi, le calme intérieur peut revenir et permettre par là même d'accueillir la situation plus sereinement.

PETIT CONSEIL À MÉDITER DE DAVID G. ALLEN :

« La patience est d'accepter que les choses arrivent dans un ordre différent de celui qu'on espérait. »

Refusez de vous soumettre à la pression

Puisque, dans le fond, l'impatience naît d'une exigence déplacée à l'égard de la vie et des autres, il faut tâcher d'apprendre à accueillir les événements comme ils arrivent. Cultiver son contentement consiste à rester serein face à la nouveauté et aux imprévus. Au quotidien, des exercices de relaxation comme le yoga et le Qi Gong peuvent aider à travailler son calme intérieur. La marche au grand air également est un très bon moyen d'entraîner son corps et son esprit à la patience. Une autre technique permet de calmer les élans de son impatience. Elle consiste à apprendre à relativiser. En effet, quand une chose vous agace parce qu'elle est trop lente à se réaliser à votre goût, prenez le réflexe de penser aux chefs-d'œuvre de la nature ou à des monuments architecturaux. Ont-ils été créés en un jour ? Assurément pas. En comparant le temps qu'il a fallu pour faire naître ces splendeurs à celui que vous exigez pour accomplir de petites tâches, vous ne pourrez que ranger votre impatience à sa juste place. Vous intégrerez ainsi le fait que toute tâche peut se révéler être comme l'accomplissement d'une œuvre. De votre œuvre. Vous prendrez alors du plaisir à apprendre à patienter pour construire l'œuvre de votre vie.

C'EST ANTOINE DE SAINT-EXUPÉRY QUI L'A DIT :

« Il est vain, si l'on plante un chêne, d'espérer s'abriter bientôt sous son feuillage. »

III - LE CHAT SAIT QU'IL Y A UN TEMPS POUR TOUT

Au rythme des habitudes qu'il a acquises, Minou s'en remet à ses repères temporels pour cadencer ses journées. Ainsi, il sait que lorsque le soleil se lève, cela annonce l'heure du petit-déjeuner servi par la main de son maître. Et quand il l'attend derrière la porte du domicile, ce n'est pas parce qu'il a un pouvoir médiumnique lui permettant de pressentir les événements à venir. Il ne l'attend pas pour lui manifester sa joie de le revoir, mais parce qu'il sait que quand l'humain rentre, et ce, approximativement toujours aux mêmes heures, la gamelle a de fortes chances d'être à nouveau remplie.

D'instinct, nos petits guides préférés savent que tout vient à point à qui sait attendre. Ils ont assez observé le rythme de la vie pour déceler les moments qui leur sont opportuns. Sachant que ces moments finissent toujours par arriver, ils ne sont pas inquiets de l'avenir et savent patienter sereinement.

Tout arrive toujours au bon moment

Sans entraînement adéquat, un sportif ne se risque pas à une compétition de haut niveau. Même s'il rêve de décrocher une médaille d'or et trépigne d'impatience à l'idée d'être ainsi consacré, il sait parfaitement qu'il ne peut pas brûler les étapes pour prétendre à la performance. Il sait qu'il doit se préparer consciencieusement pour être à la hauteur et mettre toutes les chances de son côté pour gagner le prix souhaité. La vie est un peu à l'image de ce sportif. Les événements qui jalonnent son parcours conduisent à l'accomplissement. Chacun son tour, ils offrent leur lot d'enseignements et permettent d'aborder avec plus de connaissances et de sérénité les étapes fondamentales.

Bien sûr, nous connaissons tous la souffrance de la frustration. Nous avons tous connu ces nuits passées à ruminer sur nos manquements, à culpabiliser sur nos échecs et à nous interroger sur les raisons qui nous empêchent d'atteindre tel ou tel objectif. Cependant, dès que l'on intègre l'idée que tout ce qui arrive dans la vie se produit au bon moment, c'est-à-dire au moment où l'on est prêt à accueillir l'événement, il devient beaucoup plus facile d'accepter l'attente sans souffrir de ce que la vie tarde à offrir. Ce mode de pensée permet d'une part de se projeter sereinement dans le futur et, d'autre part, de ne pas vivre l'échec ou l'attente comme une punition imposée par le destin.

C'EST BYRON KATIE QUI L'A DIT :

« La vie est simple. Tout arrive pour vous, pas à vous. Tout se passe exactement au bon moment, ni trop tôt, ni trop tard. Que cela vous plaise ou non, c'est pareil... C'est juste plus facile si vous l'acceptez. »

Soyez tolérant envers vous-même

Un chat ne s'en voudra jamais de ne pas réussir à attraper une souris. Il ne s'attaquera pas non plus à une proie plus grosse que lui et ne tentera pas de faire un saut en hauteur qui dépasse ses compétences. Parce qu'il connaît ses points forts et qu'il a l'humilité de reconnaître ses points faibles, il sait ce dont il est capable et accepte ses limites sans flageller sa conscience. De son côté, l'humain est convaincu que le secret du bonheur est le dépassement incessant de soi. Cependant, cette médaille a un revers puisque l'exigence que l'on s'impose rend impatient de réussir. Mais plus on tend à la perfection, moins on est tolérant à l'égard de ses faiblesses. Faire preuve de tolérance vis-à-vis de soi-même, c'est commencer par accepter ses imperfections. Reconnaître ses impuissances aide à tenter calmement d'en venir à bout. Ce regard porté sur nous-même permet aussi de ne pas accabler le monde extérieur de ce qui nous empêche d'atteindre notre but. C'est en priorité notre propre incapacité qui doit être vaincue et non les imperfections d'autrui. Y parvenir peut passer par l'effacement, en laissant par exemple les autres s'exprimer avant de parler, en écoutant leurs idées et en les respectant en gardant le silence.

Finalement, tout a un sens.
Les bonnes choses de la vie
comme les moins agréables.

Partir

J'avais souvent voulu partir. Tout quitter pour me fuir. Chaque fois que la vie m'avait étouffée au point de se faire prendre en horreur, j'avais rêvé de lui claquer le beignet et la porte au nez. Échapper aux jours qui passent et qui entraînent avec eux l'énergie de leur tenir tête. Partir et tout recommencer là où je ne me connaissais pas. Là où les contraintes ne pouvaient pas me débusquer. Là où l'exaltation de l'inconnu effacerait le goût âpre de la lassitude. Un nouveau pays, une nouvelle langue, de nouvelles habitudes aux allures de renaissance. Ce fantasme m'avait si souvent fait de l'œil que je ne pouvais dire combien de frontières j'avais déjà franchies dans mon imaginaire, dans combien de villes j'avais élu domicile... Miami, Montréal, Tel-Aviv, Rome, Barcelone, Auckland, Port-Louis… Écrire ici ou là, quelle différence cela pouvait-il faire ? Mon travail n'ayant aucun impératif géographique, il n'exigeait qu'un ordinateur et une connexion Internet à proximité. De plus, être seule ici ou là, qu'est-ce que cela pouvait bien changer ? Mes enfants étant mes uniques attaches, il aurait suffi que je les emmène avec moi. Oui, j'avais souvent eu envie de partir et à présent peut-être encore plus que jamais. Seulement cette fois, c'était différent. Mes soifs d'ailleurs ne s'étaient pas réveillées pour les mêmes raisons que d'habitude. Je mourais tout simplement d'envie de voyager mais pour découvrir le monde à travers mes nouveaux yeux. Trois… six mois. Guère plus. Je voulais juste prendre le temps de faire un tour de piste riche de rencontres et de lieux, d'émotions et d'apprentissages. À cinquante ans, je voulais m'offrir une escale de liberté dans laquelle je n'avais plus de valises lourdes à trimbaler.

En attendant de trouver le temps de passer du fantasme à la réalité, il me restait un chapitre à écrire de *La Méthode Chat* pour remplir ma part de contrat, et une librairie à découvrir pour rencontrer des lecteurs potentiels.

Victoire avait proposé de me retrouver à l'angle de la rue de Fleurus et de la rue Jean-Bart, soit à quelques mètres de la librairie. Officiellement, la jolie liane brune souhaitait joindre l'utile à l'agréable et faire la connaissance de Katia en vue d'instaurer avec elle un partenariat régulier. Officieusement, elle craignait peut-être que je n'abrège mon temps de présence sous prétexte que je n'avais pas terminé *La Méthode Chat*. Quoiqu'il en fût, nous franchîmes toutes deux le seuil des Mots pour le dire et découvrîmes ensemble ce qui m'attendait. Une table recouverte de piles de mes ouvrages ; une chaise sur laquelle je devais prendre place ; une quinzaine de personnes en file indienne devant la table... À ma demande, Katia me tendit un stylo – j'oubliais toujours de prendre un stylo – et c'est armée de l'outil et de mon plus avenant sourire que je m'entendis poser la traditionnelle question à la tête de file : à quel nom souhaitez-vous la dédicace ? Ont suivi une maman et sa fillette « qui adoooorait les chats » ; une femme ronde et d'âge mûr qui était convaincue que l'esprit de son défunt mari s'était réincarné dans son chat ; un homme d'une belle quarantaine qui avait guéri de sa dépression grâce à son chat ; une jeune fille mal dans sa peau qui se demandait si prendre un chat pouvait l'ouvrir un peu sur le monde ; une élégante trentenaire qui avait grandi à la campagne avec des chats et ne qui ne pouvait pas s'en passer même si cela lui faisait mal au cœur à présent de condamner le sien à la vie en appartement... J'écoutais tous ces gens me révéler leurs histoires, me poser des questions et me demander conseil comme si j'étais vétérinaire. Les uns après les autres, je les écoutais attentivement, en tâchant de personnaliser leur dédicace en fonction de ce qu'ils me racontaient. Puis se présenta devant moi un homme assez âgé pour être plusieurs fois grand-père. Un très bel homme à l'allure fine et au regard acier. Ses traits étaient doux et sereins. Je découvris que sa voix l'était tout autant lorsqu'il me parla en me tendant un de mes livres : « Je voudrais que la dédicace soit au nom de Kus, s'il vous plaît, madame Kaminski. Kus ?... Non, finalement mettez *Pour Kus et Chat Gris*. »

Je lui rendis son sourire et commençai à écrire, les yeux rivés sur la page blanche du livre présenté par une main tremblant à peine sous le poids des années. « *Pour Kus et Chat Gris, avec mes plus sincères amitiés félines. Juliette Kaminski* ». Je ne compris pas pourquoi la présence de cet homme debout devant moi me décontenançait tant. Je ne sus pas bien définir ce qui me bouleversait en lui. J'avais envie qu'il me parle. Je voulais que lui aussi me raconte son histoire. Je voulais qu'il entame la conversation que j'étais incapable d'amorcer. J'aurais pu le questionner sur ce prénom aux consonances étrangères. J'aurais dû lui demander si ce mystérieux « Chat Gris » était le sien. Je n'en fis rien et, comme moi, il se tut. Il se contenta de me sourire à nouveau en me donnant une enveloppe en échange du livre que je venais de lui signer. Puis il me dit : « Quand vous aurez le temps, vous lirez. C'est pour vous que je l'ai écrite quand j'ai su que vous veniez ici. » Et il partit pour céder sa place à la personne qui attendait derrière lui. Il disparut au milieu des allées de la librairie en me laissant à peine le temps de lui dire merci.

J'attendis de pouvoir faire une pause entre deux salves de signatures pour ouvrir l'enveloppe. J'y découvris ce qui suit :

Madame,

Je suis un lecteur de vos ouvrages et j'ai particulièrement apprécié celui qui traite des bienfaits du ronronnement. J'ai pris la liberté de vous écrire une histoire vécue avec un de nos amis félins. Dans l'unique but de partager avec vous l'amour que nous leur portons.

Je vous remercie vivement, d'une part d'avoir fait cet ouvrage si singulier, et d'autre part de lire mon récit dédié à la mémoire d'un chat sans nom.

Bien admiratif de votre travail d'écrivain, je vous prie, Madame, d'agréer mes sentiments les mieux choisis.

Kus-Raymond Breyer

* * *

« 1945. La banlieue de Strasbourg était déjà plongée dans la nuit. Cela faisait bien sept ou huit fois que la famille avait entendu le bruit des sirènes. Elle était habituée. Chaque fois que cela se produisait, il fallait se hâter de quitter la maison pour rejoindre les abris. Le grondement des bombardiers couvrait peu le hurlement des sirènes. Leurs sons se mélangeaient comme autant de menaces. Stridents et sourds à la fois. De plus en plus proches. Et au loin, comme la foudre après l'éclair : des explosions de bombes. Il fallait fuir au plus vite pour ne pas risquer d'être la cible de l'une d'entre elles. En général, la famille restait groupée. Enfin ce qu'il en restait car il y avait des absents. Bien des gens, des proches ou des amis, avaient disparu. Morts, enfuis. Personne ne le savait vraiment.

Kus avait cinq ans cette année-là. Il était trop petit pour comprendre ce qu'il se passait et de toute façon, il s'était résigné à ne pas poser de questions puisque personne ne l'écoutait. On ne lui avait pas dit que sa mère était morte, ni comment ni pourquoi. Il ignorait aussi qu'elle était juive. Tout comme il ne savait pas lui-même qu'il l'était. Il ne l'apprendrait que bien plus tard. Il savait seulement qu'il n'était pas chez lui et que Mathilde n'était pas sa mère, mais quelque chose comme une demi-sœur et qu'ils avaient le même père allemand. C'était une femme boulotte, un peu matrone, bruyante et active. Elle avait huit filles ; la dernière s'appelait Marie.

Quand elle appelait l'une d'elles, elle disait toujours tous leurs prénoms à la suite, en commençant par celui de la plus âgée. Sans doute pour s'assurer qu'elles étaient toutes encore en vie et conjurer ainsi le mauvais sort.

Mais Kus, elle ne l'appelait jamais. Elle ne prononçait pas, son prénom. Non qu'elle ne l'aimât pas, mais il n'était pas son enfant. Elle ne le maltraitait pas vraiment, ne le battait pas mais l'ignorait tout simplement. Kus savait qu'il n'aurait rien à manger de ces paquets enveloppés de papier journal que son père apportait trois fois par semaine. Mathilde gardait cette nourriture pour ses filles et Kus ne mangeait que des bouillies jaunes au goût farineux. Quelquefois, sa demi-sœur lui donnait un petit morceau de gâteau de pommes de terre que les autres avaient laissé. Mathilde était moitié polonaise, moitié allemande. C'est elle qui confectionnait ces gâteaux qui ressemblaient à des omelettes par la couleur et le goût.

Une fois, Kus était tombé malade. Une maladie de peau que les adultes nommaient "la gale". Seul son visage avait été épargné par les lésions qui le démangeaient affreusement. Il avait fallu l'emmener à l'hôpital pour le soigner. On avait badigeonné son maigre corps avec un liquide teinté, puis il avait été frotté avec une brosse de haut en bas pour lui enlever les croûtes... Finalement, il avait guéri. Plus tard, on lui apprit qu'il avait failli mourir de cette maladie, mais surtout de faim, pour cause de malnutrition.

Kus savait très bien ce que c'était de mourir. Il avait déjà vu des dizaines de morts dans les rues. Des soldats et des civils. Des femmes et des hommes ainsi que des enfants. C'était la guerre et on ne peut pas cacher la guerre aux enfants. La mort faisait partie du monde de Kus. Le manque d'amour aussi. Mais il ne réclamait rien. Il avait appris à se satisfaire du peu d'attentions que Mathilde lui donnait. Kus ne parlait pas et n'allait jamais jouer avec les autres enfants. Il se contentait de les regarder taper dans un ballon de fortune ou lancer les deux ou trois billes dont ils disposaient. Kus ne les enviait pas. Lui possédait quelque chose que les autres n'avaient pas. Quelque chose de bien plus précieux qu'un ballon ou que des billes. Quelque chose de vivant et de doux. Une chose qui compensait presque tout et lui faisait oublier les privations : c'était un chat. Son chat. Un petit animal gris rayé de blanc avec des yeux presque jaunes.

Kus l'avait trouvé un jour, dans le jardinet devant la maison, assis en train de regarder fixement la porte d'entrée. C'était un an après l'épisode de la gale. Quand Kus s'était approché de lui, le chat ne s'était pas enfui et il avait ronronné sous les caresses du petit garçon. La douceur de ces mouvements, la chaleur de ce corps... Kus ne connaissait pas.

C'était incroyablement lisse et soyeux et chaque fois qu'il touchait le chat, Kus sentait une espèce de bonheur l'envahir si fort qu'il oubliait tout le reste. C'était comme si ce simple contact pouvait le consoler de l'absence de parents, de famille, de nourriture.

Devenu grand, Kus ne se souviendra pas du nom qu'il avait donné à ce chat, mais seulement du contact de son corps si chaud, et de son pelage si doux. Et surtout, il gardera pour ces petits félins un amour sans limites.

Janvier 1945, les bombes se rapprochèrent de la banlieue de Strasbourg et obligèrent une fois de plus tout le monde à quitter la maison pour aller se réfugier dans les abris, pendant que les sirènes continuaient à hurler dans la nuit. Kus n'était pas parti avec les autres ; dans la précipitation, les adultes ne s'étaient pas inquiétés de lui et l'avaient laissé là, dans la maison ; il n'avait pas envie de s'aventurer seul dans le noir pour rejoindre Mathilde et les autres. En fait, il n'était pas resté vraiment seul dans la maison : son chat était entré et l'enfant l'ignorait. Le comportement de l'animal était étrange ; il n'arrêtait pas de gratter sur la porte d'entrée. Lorsque l'enfant s'approcha de lui, le chat fit un bond pour aller se blottir dans ses bras puis aussitôt un autre pour en descendre. Ce manège, le chat le répéta dix ou vingt fois sans que Kus comprenne ce qu'il voulait réellement. La panique se lisait pourtant dans les beaux yeux presque jaunes du petit félin. Alors Kus pensa qu'il voulait s'enfuir et lui ouvrit la porte de la maison. Un froid glacial pénétra aussitôt, accompagné par une épaisse poussière et une odeur de brûlé. Le chat ne sortit pas. Il s'arrêta net sur le seuil de la porte et refusa d'avancer davantage. Il rentra dans la maison et sauta dans les bras de Kus qui le ramena devant la porte d'entrée. Cette fois encore, le minet ne voulut pas sortir. Dehors, les sirènes continuaient à mugir, le bruit des explosions se faisait plus proche ; on pouvait voir des lueurs fulgurantes dans le ciel, des flammes au loin. Il ne faisait plus vraiment nuit sous les bombes. Le chat continuait ses allées et venues entre les bras de Kus et la porte d'entrée restée ouverte.

Kus comprit alors que le chat voulait qu'il parte avec lui. Il ne voulait pas qu'il reste dans la maison. Il devait partir avec son chat, le prendre dans ses bras et s'en aller avec lui, se réfugier quelque part.

C'est ce qu'il fit. En serrant le petit animal contre lui, le garçonnet se dirigea vers l'abri le plus proche, une cave en sous-sol, qui se situait à environ trois cents mètres de là. Arrivé devant les deux portes en métal inclinées au ras du sol, il donna des coups de pied jusqu'à ce que quelqu'un leur ouvre. Kus y entra avec le chat et se retrouva dans la quasi-obscurité d'une chaleur insoutenable. Le plafond était bas et l'air irrespirable. Comme il était petit et arrivait juste au niveau de la taille des adultes, Kus parvenait à avoir un peu plus d'air, mais surtout il avait son chat. Il s'assit par terre en tailleur et posa son ami sur ses cuisses.

Le minou ronronnait, totalement indifférent à l'endroit, au danger et à la foule.

Ainsi l'un contre l'autre, l'enfant et l'animal ne formaient plus qu'un, unis dans le partage par le contact de leur corps. Personne ne s'occupait d'eux. Y avait-il Mathilde et ses enfants ? Kus ne l'a jamais su. Et il ne chercha pas à le savoir. L'alerte passa au bout d'un temps que personne ne pensa à compter. Les gens attendirent un peu et quelqu'un finit par dire : "C'est bon, on peut sortir maintenant."

Tout le monde commença à quitter l'abri sans dire un mot, sans se soucier de la présence de Kus. Cette fois encore, personne ne lui prêta attention. Il resta un long moment assis par terre, son chat contre lui. Le petit félin ronronnait toujours et l'enfant se sentait en parfaite symbiose avec lui. Kus sortit le dernier de la cave. Il attendit que tout le monde s'en aille pour refaire surface. Tenant le chat dans ses bras, il mit un pied sur le trottoir. Dehors il faisait toujours aussi noir et froid. L'odeur de la poussière et de la fumée le prit à la gorge. Et il se mit à marcher en direction de "sa" maison. Normalement, elle était là, quelques mètres plus loin juste après une courbe de la rue. Kus la chercha du regard mais il ne vit rien.

Il n'y avait plus de maison ; il ne restait qu'un tas de décombres fumants. L'odeur âcre de l'air s'était accentuée et une épaisse fumée émanait des gravats qu'il restait de "sa" maison. Là où il avait dormi la dernière fois, dans un lit dont il ne se souvenait déjà plus.

Kus regarda l'immense tas de pierre et de bois fumant et n'éprouva rien d'autre qu'un grand sentiment de solitude. Comme d'habitude, personne ne s'était soucié de lui. Personne ne s'était inquiété de savoir s'il était vivant ou mort. Seul son petit chat était auprès de lui et continuait de ronronner dans ses bras. Ils se devaient tous deux la vie. »

Montesquieu a écrit dans *Mes pensées* qu'il n'avait pas eu de chagrin qu'une heure de lecture ne lui ait ôté. Jusqu'à présent, je peux dire la même chose de tous les chats qui ont partagé ma vie.

* * *

« Juliette, ça ne va pas ? Vous êtes toute pâle. Vous voulez que j'aille vous chercher un verre d'eau ? Mais… vous pleurez ?

Quelque chose ne va pas ? » Je levai les yeux sur la voix de Victoire. Je ne voulais pas boire. Je voulais juste à cet instant précis prendre M. Breyer dans mes bras et lui dire à quel point j'étais troublée et reconnaissante du cadeau qu'il venait de me faire. Je voulais qu'il sache que le morceau de mémoire qu'il venait de me livrer était entré au plus profond de moi pour ne jamais en sortir. Le vieil homme était parti. Il m'avait tendu sa lettre et il avait quitté la librairie. Il s'était fondu aujourd'hui dans l'anonymat de Paris comme il s'était faufilé dans l'indifférence du monde lorsqu'il était Kus.

— Non merci Victoire, ça va aller, je vous remercie. Ça doit être la chaleur, la fatigue... Beaucoup de monde aussi cet après-midi... Je perds l'habitude de voir autant de gens quand je suis en période d'écriture. Du coup, le bruit, la foule... Ça m'étourdit. Si cela ne vous met pas dans l'embarras vis-à-vis de Katia, je ne vais pas rester comme prévu jusqu'à dix-huit heures. Je préfère rentrer maintenant. Mais ne vous inquiétez pas. Ça va. Je vais bien, je vous assure...

Je ne sus que dire à Victoire lorsqu'elle insista pour me ramener à la maison en taxi. Elle ne voulait pas me laisser partir « dans cet état ». Je refusai. J'avais besoin de marcher, de sentir le cœur ensoleillé de Paris pulser sous mes pieds. Je voulais faire défiler dans ma tête les images de Kus et du petit chat gris et blanc qui lui avait sauvé la vie. En fait, depuis l'Inde, l'existence n'avait cessé de me balancer ses messages. Tantôt sous forme de rappel à l'ordre comme elle l'avait fait à travers Alex, tantôt sous forme de clés incarnées par Muriel ou par le Dr Maharishi. Chaque rencontre ou conversation était définitivement une marche de l'escalier qui me conduisait à moi-même. Chaque événement avait un sens. Du plus anecdotique – comme l'intrusion de la tarentule sans laquelle nous n'aurions pas déguerpi de notre chambre d'hôtes avant de rencontrer Beaux Yeux – au plus déterminant, comme le mail imprimé de ma sœur jeté à trois reprises au sol par Mozart. Ils s'emboîtaient tous dans une logique implacablement déterminée par le destin. Et aujourd'hui, cela avait été au tour de M. Breyer d'entrer en scène. Dans un premier temps, j'avais voulu refuser l'invitation de Katia. Et puis

Muriel m'avait demandé d'aller la voir et Victoire en avait profité pour me faire changer d'avis. Elle aurait pu choisir de me téléphoner. Elle aurait pu le faire un jour où mon humeur ne m'aurait pas rendue réceptive. Mais non. La vie avait fait en sorte que je la voie ce jour-là et qu'elle me convainque sans trop de mal de venir dans cette librairie. Et là, M. Breyer…

Je saluai Katia en la remerciant infiniment pour son accueil et en m'excusant davantage d'écourter ma présence. Je lui promis de revenir en octobre, si elle le souhait, au moment de la sortie de *La Méthode Chat*. Je laissai également Victoire là où elle semblait beaucoup se plaire et me hâtai de sortir de la librairie avant d'être prise par l'une d'entre elles en flagrant délit de mensonge.

Le soleil avait cogné sur les trottoirs toute la journée et il s'évaporait à présent de l'asphalte. Sans réfléchir au sens de mes pas, je me dirigeai droit devant moi et atterris rue d'Assas. En remontant sur ma droite, je savais que j'arriverais au jardin du Luxembourg. En me dirigeant vers la gauche, je rejoindrais le quartier Saint-Germain, ses boutiques dernier cri et ses foules de vacanciers étrangers. Sans m'éterniser dans la réflexion, je décidai de répondre à l'appel de la verdure. L'idée d'une promenade dans ce poumon vert parisien me séduisait bien davantage que la perspective d'une immersion dans la cohue citadine. Je connaissais très mal le quartier mais j'en savais suffisamment pour pressentir que la direction que je prenais correspondait bien mieux à mes besoins de douceur. Rue d'Assas. Marcher dans cette rue qui sentait bon le silence. Avancer au rythme des souvenirs que M. Breyer m'avait confiés. Lever les yeux et regarder les pierres de taille qui éclaboussaient de leur blancheur les façades des immeubles. Je marchais ainsi lorsqu'un homme me dépassa. Il était visiblement pressé d'arriver à destination. Son téléphone était collé à son oreille et son pas était bien plus rapide que le mien. Je n'entendis pas sa voix. Je ne vis pas la façon dont il était vêtu. Je ne sentis que le halo de parfum qu'il laissa traîner dans son sillage. Un effluve de Bois d'Argent de Christian Dior, le parfum de Jean-Marc. Cette odeur s'était incrustée dans ma mémoire sans que je le sache. Cet homme pressé me rappelait à l'ordre. Il me montrait ce qu'il me restait d'un si grand amour. Il ne me restait de

Jean-Marc qu'un souvenir olfactif, une sensation floutée par le temps. Tout compte fait, les sentiments ne sont que des parfums qui naissent d'émotions évanescentes et éternelles à la fois. Ils jaillissent dans l'instant et éclaboussent l'être tout entier avec leurs puissantes notes de tête. Celles qui bousculent l'âme parfois si fort qu'elle en vacille. Cependant, leur bouquet incandescent est de courte durée. Il se dissipe vite pour laisser place aux notes de cœur, à ces fragrances qui forgent son identité et l'installent dans le palpable. Et c'est là que l'émotion du début devient un sentiment. Enfin, lorsque ce sentiment s'endort à son tour, les notes de fond font leur entrée. Ces dernières sont sans doute les plus nobles mais aussi les plus tenaces. Elles se rangent quelque part dans l'inconscient et demeurent inaltérables. Les traces de mon vécu avec Jean-Marc étaient indélébiles mais elles n'étaient pas délétères. Elles étaient là pour baliser ma route et me conduire là où je devais aller. Son empreinte demeurait pour confirmer la personne que je devenais.

Angle de la rue d'Assas et de la rue Vavin. Les grilles dorées du jardin du

Luxembourg se dressaient devant moi. Je n'avais plus qu'à traverser la rue pour les franchir et pénétrer dans le poumon vert du 6e arrondissement. Quelques pas, vingt au plus, me séparaient de l'ombre des feuillages et d'un peu de fraîcheur. J'attendis que le feu passe au rouge pour descendre du trottoir. Je fis un premier pas, puis un second avant de quitter mes pieds des yeux et de lever la tête. Et c'est là que, de l'autre côté du trottoir, je vis un homme qui hélait un taxi. Sa silhouette m'était familière bien que je ne le reconnaisse pas tout de suite. Il me fallut quelques secondes – le temps de sortir mes lunettes de mon sac – pour me rendre compte que c'était Léo. Il me vit à son tour et s'avança vers moi en me souriant. Cette seconde précise m'emplit d'un bonheur si intense qu'il en fut indescriptible. Comme si le sourire de Léo avait suffi à effacer en un éclair les larmes versées pour Jean-Marc et les inquiétudes vécues pour ma solitude à venir. Il était là, devant moi, et plus rien alors ne compta que le moment présent. Léo laissa partir le taxi qui s'était arrêté devant nous et me prit dans ses bras en me demandant ce que je faisais là. Comment aurais-je pu deviner que nous nous trouvions à vingt mètres de chez lui ?

Chapitre 6

Le bonheur de l'instant

« Le chat ronronne le présent.
Le chat est toujours dans aujourd'hui...
Le chat mijote et ne bout jamais.
Le chat est un animal concentré,
un poêle à combustion lente. »

Paul Morand

Vivre ici et maintenant. Vivre pleinement le moment présent sans se soucier de ceux qui sont déjà passés et de ceux qui restent à venir. Se connecter au bonheur de l'instant puisque lui seul nous appartient vraiment. Les chats n'avancent-ils pas comme cela dans la vie ? Ils ne connaissent pas plus l'inquiétude du futur que la nostalgie du passé. Le temps n'ayant aucune prise sur leur identité, ils profitent à chaque moment de ce que la vie leur présente. Le *carpe diem* ancré dans leur ADN, ils se régalent sans réserve de tous les plaisirs qui s'offrent à eux. Un rayon de soleil inonde soudain un carré de verdure ? C'est précisément là qu'ils iront s'installer pour se gorger de la chaleur qui leur plaît tant. Un papillon vient à passer près d'eux ? Ils n'hésiteront pas à gambader derrière lui pour le plaisir du jeu. Une main bienveillante leur propose des caresses ? Ils ne se priveront pas de s'en délecter.

Contrairement à l'humain, les chats n'ont pas besoin de contrarier leur nature pour apprendre à saisir le bonheur de l'instant. Ils n'ont pas besoin de faire appel à leur mémoire pour ressusciter les bonheurs passés. Chez eux, vivre intensément le présent est une capacité native puisqu'ils n'ont pas plus conscience du temps qui passe que de la fin de vie. C'est en cela qu'ils peuvent nous servir de guides, et nous apprendre à enlacer l'existence avant qu'il ne soit trop tard pour le faire.

I - LE CHAT NE RETIENT QUE L'ESSENTIEL

Nos petits guides à moustaches ont un rapport avec le passé proche ou lointain bien moins compliqué que nous. Bien sûr, ils gardent toute leur vie en mémoire les enseignements prodigués par leur mère lorsqu'ils étaient chatons. Ils n'oublient jamais les techniques de chasse qu'elle leur a transmises ni la façon dont ils doivent se méfier de certains bruits ou certaines odeurs. Ils enregistrent également une bonne fois pour toutes l'endroit où leur ami humain place leur litière et leur nourriture. Pendant des jours, des mois, des années, ils gardent en eux les informations qui leur sont bénéfiques tout comme celles qui leur sont préjudiciables. À l'image du disque dur d'un ordinateur, ils se souviennent du positif comme du négatif pour reproduire les situations agréables ou, au contraire, éviter de recommencer les mêmes erreurs.

Ne retenez que l'essentiel

Comme nos compagnons préférés, nous disposons d'un disque dur capable de retenir un grand nombre d'informations. Et c'est dans ce disque dur que se logent aussi toutes les émotions liées aux événements vécus. C'est ainsi qu'un bonheur perdu s'accompagne de souffrance. Notre mémoire ne peut s'empêcher de nous ramener sans cesse à ce qui n'est plus. Ce qui est un problème pour notre paix intérieure. Les souvenirs que l'on engrange facilement sont ceux qui font mal et la douleur qui les accompagne ne peut être que délétère. Elle fige dans le passé et empêche d'avancer. Nous ne gardons de ces souvenirs qu'une plaie destructrice, tandis que les chats, eux, en retiennent une expérience constructive.

Bien qu'il ne soit pas question ici de s'initier à l'art de l'oubli, nous pouvons cependant nous exercer à reprogrammer notre disque dur pour éviter la résurgence douloureuse d'un passé qui ne peut être changé. Certes, il n'est pas facile de se délester du jour au lendemain du poids laissé par les années. En revanche, il est plus simple de s'entraîner à faire le tri entre les souvenirs positifs, ceux qui ont forgé l'expérience, et les souvenirs négatifs qui ont marqué l'identité du sceau de la colère, de l'amertume, de la jalousie. Prendre exemple sur les chats revient à ne pas ressasser le passé, mais n'en retenir que l'essentiel.

Entraînez votre pensée positive

Selon les neuroscientifiques, il existe dans notre cerveau une « zone de l'optimisme ». Ils affirment d'ailleurs qu'il est possible de la muscler au même titre que l'on sculpte ses biceps dans une salle d'entraînement. Pour ce faire, ils invitent à apprendre à chasser immédiatement chaque idée négative par une pensée positive. En stoppant ces affirmations négatives dès qu'elles se manifestent, on les empêche de se propager au profit du ressenti positif qui renforce l'estime de soi et le plaisir de l'instant.

II - LE CHAT EST UN HÉDONISTE-NÉ

Épicure était convaincu que pour accéder au bonheur, il fallait renoncer aux plaisirs. Selon ce philosophe grec, ne pas dépendre ainsi des délices de la vie permettait d'échapper à la frustration de ne pas pouvoir toujours se satisfaire. À l'inverse de cette doctrine, les partisans de l'hédonisme ont fait du plaisir immédiat un véritable art de vivre. Voire même un but existentiel. Ils ont articulé leur idéologie autour de la curiosité et du goût pour l'existence, l'autonomie de la pensée et la connaissance du réel, au lieu de s'en remettre à des croyances infondées. Si leurs préceptes divergent en de nombreux points, ils se rejoignent cependant sur une donnée essentielle : l'humain doit sans cesse avancer en direction de la jouissance physique et intellectuelle. Il est de son devoir, en tant qu'être vivant, de prôner l'amitié et la tendresse, l'échange et la santé. En privilégiant les aspects positifs de la vie, l'homme accorde moins de place aux douleurs du corps et de l'esprit. Il doit apprendre à éviter les relations conflictuelles, le rabaissement, l'humiliation, la soumission à un ordre social ou religieux et la frustration.

S'ils étaient nés chats, les hédonistes n'auraient pas mieux conçu leur philosophie. En effet, nos compagnons félins pratiquent chaque jour l'exercice physique pour la santé du corps et de l'esprit. Ils ne se soumettent à aucun ordre d'aucune sorte. Ils restent libres de leurs actes, ne se privent jamais d'un instant de tendresse mais ne dépendent pas de ceux qui le leur procurent. Et au-delà de tout, ils guident leurs pas en direction de la satisfaction immédiate du désir. Que ce soit pour manger, dormir, jouer, s'étirer, observer, méditer ou se promener, rien ne les détourne de ce qu'ils décident de faire du moment présent. L'occupation choisie devenant l'unique priorité, ils font de l'instant un intense moment de bonheur. Une source de bien-être puisée dans le plaisir.

Suivez l'exemple de votre coach chat

Vivez pleinement le moment

Que signifie exactement vivre pleinement le présent ? Ou plus exactement, comment parvenir à donner à l'instant toute l'intensité qu'il mérite ? Faut-il faire comme les chats et répondre sans attendre à l'appel de ses pulsions ? Doit-on laisser libre cours à tous les désirs qui surgissent sans crier gare ? Assurément non. Vivre le moment présent consiste simplement à prendre pleinement conscience de ce qui se produit ici et maintenant. Un exercice qui peut s'avérer compliqué lorsque l'on sait que nous sommes presque tous incapables de nous concentrer sur autre chose que le passé ou le futur. Pourtant, il suffit de prendre conscience de ce qui nous entoure, de connecter notre corps et notre esprit à ce qui est en train de se produire. Il faut réussir à nous mettre en contact avec la réalité, que cette dernière soit agréable ou pas.

Réveillez l'hédoniste qui ronronne en vous

L'ouïe, la vue, le goût, l'odorat et le toucher. Nos sens sont là pour nous informer du réel, du concret de l'environnement. Grâce à eux, nous pouvons donc prendre conscience du présent à partir du moment où nous arrivons à porter notre attention sur les informations qu'ils nous communiquent. Malheureusement, plusieurs obstacles peuvent empêcher notre conscience de s'y connecter. À commencer par la fuite volontaire de la réalité parce qu'elle impose à l'intellect et à l'affect une douleur inacceptable. Tourner le dos à ses sens, c'est se priver des petits instants d'extase qu'ils procurent. C'est ne pas profiter de la douceur d'un rayon de soleil qui se faufile entre les nuages pour venir caresser notre épaule. C'est ne pas voir le regard tendre d'un être aimé qui remplit le cœur de joie. C'est ignorer toutes les ondes bienfaisantes de la vie qui apportent, le temps qu'elles durent, la sérénité dont nous avons tous tant besoin.

Soyons clairs, il nous est impossible d'emboîter dans tous les cas le pas à nos chats. Contrairement à eux, nous ne sommes pas libres de nous écouter à notre guise et nous avons des contraintes sociales et existentielles qu'ils ne connaissent pas. Forts d'une insouciance qui n'appartient qu'à l'enfance chez l'humain, les chats peuvent facilement rester libres de faire ce qu'ils veulent, quand ils veulent. Cependant, ils sont heureux car ils se débrouillent pour faire correspondre ce qu'ils sont à ce qu'ils font. Ils ne laissent pas de place à l'incohérence entre leurs aspirations profondes et leurs actes. Par exemple, si la vie en appartement les prive des jeux de la chasse, ils se rabattront sans problème sur une mouche qui vole ou un jouet en plastique à taquiner. Ils déplaceront leurs désirs et profiteront de ce qui se présente à eux ici et maintenant.

Pratiquez la monotâche

Pour jouir pleinement de ce qu'ils font, les chats ont un secret : ils ne font qu'une chose à la fois. Lorsqu'ils se concentrent complètement sur l'activité du moment, rien ni personne ne peut les détourner du réel. Faire comme eux est une question d'entraînement. Obligez-vous à la monotâche. Par exemple, lorsque vous cuisinez, éviter de téléphoner en même temps. Vous pourrez alors profiter des bonnes odeurs qui se dégagent de vos casseroles. Habituez-vous aussi à déguster votre café du matin sans écouter les informations ou en avalant deux gorgées pendant la préparation des enfants. Si vous faites du jogging, n'écoutez pas de musique mais concentrez-vous sur vos pieds qui foulent le sol. Bien sûr, il est possible que la pratique de la monotâche soit difficile à mettre en place au début. Mais plus vous soumettrez votre conscience à l'exercice, plus le degré de difficulté diminuera.

LE PETIT CONSEIL À MÉDITER DE MARC AURÈLE :
« Tout faire, tout dire et tout penser en homme qui peut sortir à l'instant de la vie. »

III - LE CHAT NE SE SOUCIE PAS DES LENDEMAINS

Et il en serait d'ailleurs bien incapable ! Et pour cause : comme nous l'avons déjà plusieurs fois précisé, le chat n'a pas la notion du temps. Pour lui, demain n'existe pas. Contrairement au chien qui prend soin d'enterrer un os en prévision d'une petite faim ou à l'écureuil qui récolte un maximum de noisettes avant l'hiver, le chat ne se préoccupe pas de savoir de quoi sera fait son futur. Il ne peut donc pas se projeter dans des situations anxiogènes, faites d'échecs, d'épreuves et de désillusions. Les lendemains n'existant pas, il n'a aucune raison de s'en préoccuper, d'anticiper, ni de se contraindre à la prévoyance. L'absence de lendemain le libère ainsi des poids qui polluent le présent.

Suivez l'exemple de votre coach chat

Ayez confiance en vos lendemains

Tout bien réfléchi, se projeter dans l'avenir n'a rien de préjudiciable. C'est grâce à cette capacité de projection que l'humanité a construit ses lendemains sur des promesses de meilleur. Tous les progrès techniques et scientifiques qu'elle a réalisés sont nés d'une volonté de changer ce qui ne lui convenait pas pour quelque chose qui la satisferait. L'envie de bonheur, ou du moins l'idée qu'il s'en fait, a toujours encouragé l'Homme à se surpasser et à posséder pour se rassurer. Il est ainsi fait : il est né avec le besoin de posséder pour se sentir en sécurité. Avoir aujourd'hui permet de ne pas avoir peur de manquer demain. Cependant, si la conquête des lendemains peut rendre l'identité forte, elle peut aussi déclencher ses faiblesses. Celui qui possède a forcément peur de perdre ce qu'il a. Celui qui aspire à posséder a forcément peur de ne pas y parvenir. C'est là que tout bascule. C'est quand l'art de l'anticipation devient l'angoisse du lendemain. La dynamique constructive se change en spéculation inquiète.

Pour parvenir à se libérer de la peur des lendemains, les sages de ce monde invitent à renoncer aux biens matériels au profit des biens spirituels. Les hommes de foi, eux, pensent qu'il suffit de s'en remettre à la volonté divine et de lui faire confiance pour l'avenir. Le chat, lui, ne se fixe aucun but qu'il sait ne pas pouvoir atteindre. Il ne possède rien qu'il craigne de perdre et croit assez en lui pour savoir que tant qu'il vivra, il s'assurera de trouver ce qu'il juge être le meilleur.

Lorsqu'il s'agit du bien-fondé de l'existence, le hasard ne se mêle plus de rien.

Octobre s'étalait de tout son long dans les rues de la capitale. Du plus pâle au plus incandescent, il dardait tous les rouges qu'il possédait sur les feuilles des arbres citadins. Muriel venait de me téléphoner pour m'annoncer que *La Méthode Chat* connaissait un bon démarrage de ventes dans les librairies et que le service de presse était ravi des retombées de la soirée de lancement. L'idée d'organiser la soirée dans un bar à chats s'était avérée assez originale pour séduire tous les journalistes qui étaient venus. Quelques minutes avant le coup de fil de mon éditrice, c'était ma mère qui m'avait appelée. Les enfants et les chats avaient pris leurs quartiers chez mes parents et pour l'heure, tout se passait le mieux du monde. Avant de quitter la salle de bains, je regardai une dernière fois celle qui me souriait dans le miroir. Celle-là même qui entendit la voix de Léo s'élever quelque part dans l'appartement.

— Juliette tu es prête ? Le taxi nous attend en bas.

— Oui ! J'arrive dans une minute !

— Je viens de vérifier, l'avion n'a pas de retard. Mais toi, tu commences sérieusement à en avoir, ma chérie. Tu fais quoi au juste depuis une heure, enfermée là-dedans ? Tu es encore au téléphone ? C'est moi qui ai pris les passeports. Tu sais où je les ai rangés ?

Un peu de mascara sur les yeux, un halo de parfum… Que me restait-il de l'Inde, de Jean-Marc, de toutes ces nuits passées à pleurer sur un avenir incertain ? Qu'avais-je appris de mes chats qui ne s'était pas ancré au plus profond de moi ? Dans moins de quatre heures, un avion m'emmènerait à São Paulo, là où Léo voulait passer trois mois pour écrire son nouveau livre. Malgré les inquiétudes de son éditeur à l'égard de sa productivité, il avait signé ce contrat à condition que je l'accompagne.

— Juliette ? Mais qu'est-ce que tu fais à la fin ? Chérie, je t'attends en bas. Tu descendras quand tu seras prête.

Oui, Léo mon amour, je suis prête. Je suis fin prête à embrasser la vie.

C'EST COLUM MCCANN QUI L'A DIT :

« La meilleure manière de comprendre quelque chose, c'est d'y consacrer un livre. »

FIN

12949

Composition
NORD COMPO

Achevé d'imprimer à Barcelone
par CPI Black Print
le 2 mai 2022

Dépôt légal : mai 2022
EAN 9782290231470
OTP L21EPLN002832N001

Éditions J'ai lu
87, quai Panhard-et-Levassor, 75013 Paris

Diffusion France et étranger : Flammarion